AF346201

Le printemps
d'une jeune fille d'Algérie

Autoédition

Tassadite TAMARVUHT

Le printemps
d'une jeune fille d'Algérie

ISBN : 978-2956174301

Pardonne-moi mon âme de
t'avoir exilée de ta maison.

Sommaire

I

La fissure originelle

Quand j'ai ouvert les yeux pour la première fois, j'ai vu que tu ne me regardais pas. Tu n'as pas remarqué que j'étais déjà là.

Tout s'est déroulé comme convenu entre nous.

J'ai traversé le tunnel en apnée pour passer inaperçue. Yéma, ma mère, qui as-tu mis au monde cette nuit de l'hiver 1954 ?

Qui est-elle, celle que tu as donnée en offrande à la montagne Djurdjura, au pied du mur de la tribu des Aït Ijarihène ?

Cette fois-ci encore, comme toutes les autres fois, tu as tenu à mettre bas toute seule. Oui, mettre bas, à l'abri des regards, bête traquée que tu es devenue depuis qu'on t'a forcée à devenir mère alors que tu avais juste envie de continuer à jouer encore une heure ou deux à la marelle.

Yéma, qu'est-ce qu'on ressent quand on a quinze ans et qu'on ne sait pas encore que cette étrange fissure n'est pas un trou noir inquiétant, mais la porte qui ouvre sur l'univers, l'interstice par lequel passe la lumière ? *« Le mal ne vient pas de là. La douleur naît de la coupure entre le haut et le bas du corps. Entre le verbe et la chair »*.

Ces mots de toi non prononcés, je les ai captés dans la tourmente, au creux de la vague, au moment du passage.

Aux femmes qui se préparaient à t'assister dans cette traversée violente et féérique à la fois, tu as dit :

« *Éloignez-vous de moi ! À force de vous taire, vos paroles sont devenues des jappements qui écorchent les oreilles. Vous ne m'êtes d'aucun secours. Je ne vois dans vos yeux que le désir froid d'abolir le féminin* ».

Mère, quel est donc ce mal qu'on a fait à la petite fille que tu étais et dont j'hérite aujourd'hui ?

La douleur a pris toute la place. Où est donc passée ma mère ? Où es-tu yéma ?

Le lierre s'attache à l'arbre et moi je me suis attachée à *elle*, la douleur, en croyant que c'était toi. Yéma, j'ai si peur de t'aimer !

Tu as fermé la porte avec le gros verrou et, pour être sûre que personne ne pénètre dans ton antre, tu as ajouté un cadenas au verrou.

Tu t'es assise sur le bord du lit posé par terre, tu as ouvert les jambes jusqu'à la voûte céleste, respiré un bon coup, puis un souffle brûlant m'a poussée vers la sortie. Aussitôt un cri a fusé.

Derrière la porte close, les femmes de la famille se sont figées un court instant puis elles ont continué à errer d'un coin à l'autre de la maison comme si de rien n'était.

Au son de mon cri étouffé, elles ont vite identifié le genre dans lequel j'étais pétrie, et la case à cocher dans le registre de la ségrégation mentale infiniment plus redoutable que l'inoffensif état civil de la mairie.

Pour l'avoir elles-mêmes vécu dans leur chair, les femmes de la maison n'ont jamais oublié qu'avant de se hasarder à venir au monde alors que personne ne l'attend, la fille sait d'emblée qu'il n'est pas prudent pour elle de hausser le ton.

— Quel est ce cri ? J'ai entendu un cri ! On étouffe une petite fille ! On étouffe une fille ! lança une vieille femme qui passait par-là, pieds nus écorchés en guise de sandales, le dos courbé sous un pesant fagot de bois plus lourd que le pauvre poids de sa carcasse.

— Quel cri ? Tu as entendu quelque chose toi ? et toi ? toi ? tonna la matriarche qui trônait de tout son poids, visage fermé, mains derrière le dos au milieu du Temple du Silence légué par la matriarche d'avant.

— Moi ? nous ? Moi-nous, on n'a rien vu, rien entendu. Aujourd'hui est un jour comme un autre. C'est rien, c'est rien. C'est seulement Rien qui est venue parmi nous, lui répondirent à l'unisson les femmes de la maison en baissant les yeux, honteuses et meurtries par leur glacial reniement.

Avec tes mains tremblantes d'épuisement serein, tu m'as tirée de la grotte merveilleuse sanglante et tendre à la fois.

Tout en regardant je ne sais qui à travers la petite lucarne de ta chambre, tu as saisi le drap râpé que tu avais préparé pour ce non-événement, tu as essuyé machinalement le corps étranger qui venait de sortir de toi, puis tu as passé un chiffon sur mon visage sans me regarder, sans me dire quelque chose.

Un seul mot de toi aurait suffi pour dissuader ce silence fracassant de prendre possession de mon corps. Je le sentais, je le voyais à l'œuvre ce silence de la première heure. On aurait dit quelqu'un qui cherchait à brider la moindre respiration dans mes poumons et briser tout élan de résistance. Quelqu'un qui voulait abolir mon désir de naître. Saboter ma venue au monde. Me soumettre à sa volonté et saper le moral de la future petite bonne femme.

Je me suis figée dans l'attente d'une parole de toi qui allait propulser mon être dans le monde des vivants, mais tu as fait ce que ta mère a fait et la mère de ta mère avant toi.

Tu ne m'as pas dit, allez, viens, viens petite fille, m'rahva a yéli azizène, bienvenue mon enfant, c'est toi que j'attendais.

« On n'attend pas une fille. C'est à elle d'attendre. Voilà ».

Personne n'a prononcé ces mots et pourtant ils ont creusé un sillon de vide en moi. Dès que tu m'as aperçue, ton regard est allé se perdre dans un néant tapi derrière le rideau. Toute ma vie je me chercherai dans ce regard absent de toi.

Même si un jour, par je ne sais quelle hasardeuse circonstance j'obtenais la plus haute distinction, sache qu'aucun prix, aucune médaille, nul trophée ne remplacera ton regard sans lequel je suis Rien.

Cette nuit-là, à deux heures du matin, j'ai su que j'étais venue au monde mais que je n'étais pas née. Et que sur mon chemin je chercherai en chaque femme croisée le regard qui me donnerait la vie.

Mère, est-ce parce que je t'ai renvoyé de toi une image trop nette, trop évidente, une autre toi-même en quelque sorte, que tu ne pouvais me voir, pas même en peinture ?

Fuir, fuir, le plus loin possible.

Traverser les murs, les mers et les océans. Me cacher derrière l'Himalaya pour échapper à ton regard absent.

Dès que j'ai pu me mettre sur mes deux pieds, une petite voix criait en moi, *vas-y, cours, sauve-toi vite ! maintenant ! La place que tu as est celle d'un épouvantail à côté d'un conducteur à moitié mort qui ne connaît ni le Code de la route ni la destination.*

Mais j'ai décidé de rester. Pour te sauver de toi. C'est la mission que je me suis donnée en choisissant de venir au monde par ton ventre.

Yéma, tu ne m'as pas donné la vie. Tu m'as donné la mort. Notre héritage à toutes les deux, c'est l'assassinat du féminin.

Ma poitrine est remplie de haine. Le jour je cherche l'Être de toutes mes forces et la nuit je me noie dans le Néant sartrien. J'ai la colonne vertébrale à l'envers, un cadenas sur la fissure, un autre autour du cœur, les sourcils froncés, une corde au cou, la bouche cousue, les cheveux en pétard, les poings serrés, les chevilles tirées en arrière par deux boulets et une douzaine de casseroles qui font un tintamarre épouvantable que je suis la seule à entendre.

Voilà, en gros, dans quel accoutrement je me prépare à aller dans le vaste monde où personne ne m'attend.

J'avance avec la peur de perdre l'amour que tu ne m'as pas donné.

En ce temps-là dans certains villages de l'arrière-pays, la fille, même si elle arrivait en premier dans la fratrie, était déjà une fille de trop.

« On » se rappelait vaguement qu'on devait lui jeter un bout de pain de temps en temps pour ne pas la laisser mourir complètement.

Et lorsqu'elle osait prendre son courage à deux mains pour demander à boire, la tribu la regardait de travers, s'essuyait les mains sur son tablier imaginaire et se bouchait les oreilles. Elle détournait le regard, faisant semblant de ne pas entendre cet appel muet à la vie et continuait à vaquer fébrilement à ses occupations, comme si elle voulait s'occuper l'esprit pour oublier. Pour ne pas trop se sentir coupable de non-assistance à personne en danger. L'eau, un bien trop précieux qu'on ne gaspille pas comme ça.

Yéma, toi aussi tu as été une petite fille à qui la tribu a oublié de donner à boire.

C'est de cette soif que je suis constituée.

Au bout d'un long chemin, des jours et des nuits et des kilomètres à la ronde, je découvre avec stupéfaction que je n'ai fait aucun pas en avant.

La Terre tourne autour du soleil et moi je tourne en rond autour de toi.

Pendant tout ce temps où je croyais me libérer de ton absence, en réalité je faisais les cent pas dans les parages pour ne pas perdre l'autre bout de la corde qui m'enchaînait à toi. Je pensais qu'il suffisait de traverser la Méditerranée pour passer sur l'autre rive. Quelle candide croyance ! Peut-on traverser quoi que ce soit quand on a un pied ici et l'autre là-bas ?

On ne quitte pas l'Algérie. C'est elle qui nous jette à la mer. On se noie dans son absence d'elle-même de génération en génération, depuis qu'elle a perdu la mémoire. Depuis le jour où elle a choisi d'oublier qui elle est. On l'aime et on la hait avec la même intensité. Avec elle, c'est la loi du tout ou rien. Elle est tout d'un bloc. Elle ne se laisse entamer par aucune interrogation.

Tous ces départs forcés ! Que de larmes de génération en génération ! Je ne suis pas la seule à ressentir cet arrachement brutal. Les Harkis, les Juifs, les Pieds-noirs, les Pieds-rouges, les Gitans du bidonville de la Campagne Fenouil, les anciens appelés, les coopérants, les exilés politiques, les fugitives de tout âge…, tout le monde a laissé son cœur là-bas. Nous avons tout juste eu le temps de sauver nos pieds et quelques effets personnels.

Quant aux tortionnaires, les pauvres, leur situation est encore plus tragique. Ils ont brisé le cœur de milliers d'Algériens et d'Algériennes tout en gardant le leur intact. Quel grand malheur qu'un cœur fermé ! Il ne laisse jamais entrer la lumière.

Aujourd'hui, quand je regarde tous ces migrants s'embarquer par milliers vers un monde qui ne les attend pas, une lassitude soudaine me saisit à la vue de cet éternel recommencement.

Malheureux, ne voyez-vous donc pas que ce que vous fuyez, c'est le naufrage hérité des générations d'avant ?

Mère, si tu savais comme tu me manques ! Oui, tu me manques tandis que ton absence m'envahit au point où mon âme n'a nul lieu où poser ses pieds.

II

Le printemps en Algérie

Du plus loin que je me souvienne, le printemps en Algérie m'est toujours apparu comme une demi-saison.

Il ne dure qu'une semaine ou deux, mais il arrive avec une fulgurance à couper le souffle.

Du jour au lendemain les pâquerettes blanches, les jonquilles, le laurier-rose, l'armoise, l'iris bleu et toutes sortes d'herbes sauvages et gaies se propagent en abondance à la vitesse de l'éclair.

Le rouge et le noir des coquelicots surgissent au milieu des vagues vertes ouvertes à toutes les propositions. Ils s'élèvent au ciel, redescendent, se courbent et se redressent, vont et viennent entre les champs au gré du vent.

Ils colorent d'une touche surréaliste les épis de blé et les font danser avec la brise du matin.

Dès l'aube, les moineaux chantent à tue-tête la fragilité du monde, comme s'ils tentaient une dernière fois de relier l'Humanité à son humanité avant le chaos prochain.

La vie fuse de partout mais mon âme reste de glace. Yéma, aujourd'hui je peux enfin t'avouer quelque chose. Je n'ai jamais aimé cette saison. Je hais le printemps.

Quelque chose est plombé dans l'air.

Trop de soleil et pas assez de lumière.

Trop de bruits par là-bas et trop de silences par ici.

Les essences qui montent de la terre, les cerisiers en fleurs, la sève qui éclate sur le figuier, les ruisseaux qui coulent à flots, tout me dérange, tout me porte atteinte !

Dehors ça éclot, ça boutonne, ça fleurit, ça remue et toi et moi demeurons là immobiles, meubles parmi d'autres à la maison.

L'une attend de l'autre qu'elle lui donne la vie derrière la porte fermée de l'intérieur.

La clé est sur la porte, il n'y a qu'à ouvrir. Qui nous empêche de quitter ce cachot où nous avons appris à aimer notre enfermement ? Quelles chaînes invisibles enserrent nos chevilles ?

Vas-y mère, ouvre ! Laisse-moi sortir ! Et toi reste si tu veux. Mais si je pars sans toi en te sachant en prison, je n'irai pas bien loin. La culpabilité me rattrapera au premier tournant.

Ce printemps-là passera sans nous, comme tous les autres avant celui-là. Rien ne change, tout n'est qu'absence dans le décor d'une pièce qui se joue contre nous, avec notre consentement.

C'est si violent, un printemps qu'on subit !

Mère, pourquoi tu fais semblant de ne pas voir cette énergie vitale qui bout dans mes veines ?

Pourquoi détourner ton regard du trouble qui agite mon corps ? Faut-il donc que tu me fasses ce que ta mère t'a fait ? Tuer dans l'œuf tout ce qui bourgeonne en moi. C'est ça que tu veux pour ta fille ? Vas-y parle, dis-moi quelque chose ! Pourquoi ce silence de mort autour de ce désir ?

Malgré les efforts surhumains que je déploie pour l'éteindre, le feu me dévore et toi tu ne vois rien ?

Tu ne vois pas, tu n'entends pas, tu ne parles pas. Tu as donné ta langue au chat et mis ton désir sous le boisseau. Qui es-tu ? Où es-tu ma mère ?

Yéma, je t'en supplie, ne me pousse pas à te juger. Ne fais pas de moi ton ennemie préférée !

La haine me prend à la gorge et déjà je me sens coupable de ressentir un tel sentiment pour toi. Et pourtant elle est là cette haine que je prenais pour de l'amour. Elle agit en traitresse, en toile de fond. Dès qu'elle pointe son nez, je la repousse dans mes entrailles. Elle me ronge de l'intérieur. C'est elle qui rend l'atmosphère si pesante et le dialogue impossible entre nous. C'est à cause d'elle que mes règles sont si douloureuses.

Je souris tout le temps, je fais bonne figure. Mais, chaque seconde je commets un crime contre mon humanité pour te préserver de ma fureur.

Mère, si tu m'entends te dire je t'aime, n'en crois pas un mot. Comment t'aimer si je te confonds avec ta douleur d'avoir déserté ton être ? L'amour dans ce cas est une voie sans issue, un reg où rien ne pousse, un capharnaüm. Une prison à ciel ouvert.

Non ! Je ne veux pas m'attacher à l'absence. Je ne veux pas d'un fantôme vivant !

Le fantôme est un fantôme et le vivant un vivant. Chacun sa place, chacun son rayon.

Si je te mets tout sur le dos, si je t'accuse d'être la clôture qui fait barrage à ma féminité, c'est moi que je condamne à la cécité. C'est moi que je prive de discernement.

La blessure de ton féminin brimé se ravive à chacune de mes respirations. Il t'est insupportable de voir ma féminité se mettre en éveil.

Voilà qu'au lieu de nous tenir par la main, de créer un espace vital entre nous et de donner naissance à un lien aimant et prospère, nous nous armons jusqu'aux dents de méfiance réciproque pour devenir de froides rivales.

Dehors la nature se réveille et moi je dois me couper les cheveux en quatre pour réduire à néant ce désir qui me brûle le ventre.

Il n'est pas bon pour une fille de prendre ses désirs pour la réalité. Voilà les mots dits entre les dents que l'on martèle encore aujourd'hui aux oreilles des petites filles. *La fille n'a pas à désirer. Son destin est d'être désirable. Qu'elle se le tienne pour dit une fois pour toutes.* Avis aux récalcitrantes ! À celles qui ne se résignent pas, celles qui ne veulent pas mettre une muselière sur leurs lèvres d'en haut et d'en bas.

III

Coups de règles sur les doigts

Ce jour-là, j'étais en train de sauter gentiment à la corde dans la cour de récréation quand soudain une petite goutte rouge, puis une deuxième, puis une troisième, toutes tombées d'on ne sait où, sont venues s'écraser sous mes pas.

J'ai d'abord cru qu'elles coulaient d'une blessure à la main, à force d'avoir tiré sur la corde. Mais rien, aucune tache sur mes dix doigts qui, par un étrange manège se sont tout d'un coup transformés en dix commandements !

Mon corps et mon âme qui ne faisaient qu'un jusque-là se sont dissociés d'un coup et se sont heurtés frontalement comme deux voitures en collision. Le choc a provoqué un tel fracas dans ma poitrine ! On aurait dit un tonnerre descendu du ciel spécialement pour me gronder. En une fraction de seconde, âme et corps sont devenus étrangers l'un à l'autre et ont commencé à s'insulter, à se cracher dessus, se montrer du doigt et s'accuser de tous les maux.

Les camarades avec lesquelles je jouais sentaient bien qu'il se passait quelque chose.

Elles voyaient bien que je m'épuisais à cacher une évidence. Mais, grâce soit rendue au Ciel et à la Terre, aucune d'elle n'a vu les taches sur le sol. Et pour cause ! Je les avais vite fait disparaître en les piétinant violemment sous mes ruades affolées.

Je venais d'apprendre sur le terrain la technique ancestrale du camouflage et de la dissimulation hérités génétiquement de mes aïeules.

Après un bref moment de béatitude simulée, j'ai repris le jeu en silence.

Lorsque mon tour est arrivé, je me suis mise à sauter dans tous les sens comme si une mouche m'avait piquée.

Je me cambrais, donnais des coups de pied au sol et riais aux éclats pour un oui et pour un non.

Mais cette diversion ne dura qu'un court instant.

Un étrange sentiment, oppressant et trouble, venait de s'installer en moi.

Je savais que je vivais là les derniers instants de ce qu'on appelle, à tort, le Temps de l'Innocence.

Là où il y a innocence, la culpabilité n'est pas bien loin.

La cloche a sonné la fin de la récréation et toutes les filles sont rentrées sagement dans le rang. J'avançais à reculons, avec le pressentiment qu'un grand malheur allait bientôt me tomber sur la tête. Pendant que la maîtresse faisait passer une élève au tableau, j'ai introduit discrètement mon index droit sous ma culotte.

Quelque chose de chaud coulait plus que d'habitude. J'ai hésité un moment avant de jeter un coup d'œil furtif sur ma main puis je l'ai immédiatement cachée sous le cahier. Ça y est, j'ai vu.

La tache rouge que je croyais avoir effacée de la surface de la Terre était plus vivante que jamais. Elle m'a regardé calmement sans ciller, sans honte et sans remords. Et, sans même avoir froid aux yeux elle me dit : j'y suis, j'y reste. Je m'en fous, je suis chez moi.
Si, si, les taches, ça parle énormément.

Sur le chemin qui me ramenait à la maison, j'ai vu mon cœur tomber par terre et se briser sur un gros caillou. *Je vais causer tant de peine à ma mère ! Elle sera tellement déçue de moi, d'elle !*
Dès que tu m'as aperçue derrière le rideau de ta chambre, yéma, tu as vite compris. Ton visage s'est assombri et, à ton tour, ton cœur s'est cassé en mille morceaux. À cet instant précis j'ai su exactement ce que je suis venue faire sur Terre : réparer les pots cassés du Monde.
En arrivant, j'ai trouvé porte close. Je n'avais ni la force ni l'envie de frapper. Mon énergie m'avait abandonnée sur le chemin.
J'ai déposé mon cartable et me suis assise au seuil de la porte, retenant de tout mon être les sanglots qui secouaient ma poitrine. Je me suis consolée en me disant : *impossible de stopper ce flot qui déferle sur mes cuisses. Mais j'ai le pouvoir de bloquer mes larmes.* C'est ainsi que j'ai pu faire face à cette sensation de plus en plus

envahissante qui me rappelait sans le moindre doute que j'avais un corps. Un corps de fille.

Je venais de rejoindre la lignée des femmes de la tribu. J'entrais de plain-pied dans le Royaume des Chuchotements. Bienvenue dans le Temple du roi Silence.

Je me sentais vidée de mon essence, écrasée sous l'accablement d'être vivante dans un corps barré.

Un lourd sommeil s'est abattu sur moi et, à peine ai-je posé la tête sur les genoux que je me suis vue propulsée dans un rêve plein de sons et de couleurs.

Je te voyais avancer vers moi d'un pas paisible et ferme derrière un rideau de lumière. Le ciel scintillait de mille feux. La lune dansait au son du tambourin que faisaient vibrer de toute leur puissance des hommes habillés en burnous blanc et chéchia rouge.

Ils se sont mis à entonner une mélodie d'une douceur presque insupportable en faisant tourner le *bendir* entre leurs doigts aussi agiles que fragiles.

Ils sautaient de joie et chantaient : *bienvenue petite fille. Ta présence parmi nous est une baraka.*

Quelle joie ! quel bonheur ! que ton chemin soit fleuri ! que ton printemps arrive à terme ! que ton sourire nous ouvre le cœur !

Il y avait de la joie dans l'air ! La force et la faiblesse ont immédiatement cessé de se battre. Elles venaient de trouver un terrain d'entente. Chacune s'inclinait devant l'autre avec humilité en faisant un pas en arrière pour la laisser passer.

Des voix de femmes surgies de très loin se sont jointes à celles des hommes. Elles riaient et chantaient avec toi. Ton visage s'est animé, plus de sourcils froncés, aucune déception dans ton regard soudain éveillé.

Ton sourire radieux illuminait tout le village. Les toits sont devenus encore plus rouges et les jardins alentour se sont mis à fleurir en plein hiver !

Tu as ouvert les bras vers moi et tu m'as dit :

— Viens ma fille, viens ! C'est toi que j'attendais.

Quel jour béni ! Béni sois-tu ce jour, ô toi qui apportes le sang de la vie.

À lawliyat, venez mesdames, approchez !

Ô Ch'rifa ! Ch'rifa, toi qui incarnes la dignité !

Ô yéma Ouardia, yéma Messaouda !

Ô Nna Z'Hira, Nna Dahvia, Nna Fadhma, Nna Saadia, Nna Ouardia, Nna Houria, Nna l'Djouher n'Amar. Vous, les femmes d'hier et de toujours, venez !

Et vous, femmes d'aujourd'hui et de demain, venez toutes ! Chantez avec moi.

Ma fille s'est reliée au sang de la terre.

Elle va traverser la mer rouge, la mer Noire, la mer Morte, la mer de Méditerranée, d'Alboran,

d'Amundsen, d'Yatsushiro... Toutes les mers
qu'elle veut et tous les océans, si tel est son
désir !
Que les vents favorables t'accompagnent dans ton
voyage planétaire ! Va ma fille, va, surfe sur les
flots de l'amour, du partage, de la créativité,
l'étude, l'effort et la persévérance.
 Avance, avance, n'aie pas peur !
Quelle joie ! Quelle bénédiction !
Mon enfant vient de naître à son corps de fille.
Amulli ameggaz !
Voyez comme ses joues sont roses ! Et ces lèvres
rouge sang, on dirait un coquelicot !
Voyez ses yeux ouverts sur l'horizon, ses cheveux
lâchés au galop et ses mains qui portent le Vivant.
Célébrons le féminin !
Que nos youyous ébranlent les montagnes !
Que notre élan commun fasse tomber les murs
de la honte !
Le corps de la fille s'est ouvert à la vie, je vous le
dis !
Elle en fera ce qu'elle voudra. Elle choisira.
Elle aimera un homme, une femme.
Elle fera comme bon lui semble.
Ce qui compte, c'est que ma fille soit vivante.
Devenir mère ou pas, elle aura son mot à dire.
Son corps lui appartient.
Si les habitants de la terre élevaient la petite fille
dans la confiance et le respect de son corps, elle

ne serait plus traumatisée par elle-même et n'aurait plus peur de son ombre.

Mettons-nous au travail sans plus tarder, si nous ne voulons pas finir ankylosées dans nos amères convictions.

Transformons de l'intérieur ce regard morbide légué sur nous-mêmes en héritage.

Changeons d'horizon. Celui-ci ne mène qu'à l'éternel recommencement de notre malheur.

Enfantons une nouvelle galaxie.

Déplaçons la position de Mars et de Vénus dans le Cosmos.

Unissons nos forces pour accueillir nos faiblesses.

Ne restons pas collées à notre peau.

Créons une nouvelle enveloppe charnelle.

Donnons naissance à une nouvelle écorce terrestre !

Plongeons nos corps dans l'eau de la vie.

N'ayons plus peur des fonds marins.

Le monstrueux et le fabuleux sont tous les deux sur Terre !

Sortons du duel meurtrier mère-fille entretenu par un système nerveux central qui reçoit ses ordres d'un   passé plusieurs fois millénaire.

Enterrons la hache de guerre.

Le temps est venu de changer d'ère.

Quittons le règne du mâle et de la femelle.

De l'air ! De l'air !

Je ne figerai pas ma fille dans le sarcophage de la féminité transmis par les femmes d'avant.

Je ne l'enfermerai pas dans ces stéréotypes qui m'ont gâché l'existence.

Je ne la condamnerai pas à se couper de son énergie vitale.

Je ne veux pas qu'elle devienne une autre moi-même.

Je ne lui imposerai pas mon regard.

Je ne lui couperai pas l'herbe sous les pieds.

Je ne l'empêcherai pas de regarder par la fenêtre comme ils ont fait avec moi.

Non, je ne lui léguerai pas mes chaînes !

Elle ne subira pas sa vie comme j'ai subi la mienne.

Elle ne se contentera pas de survivre.

Elle vivra en conscience. Elle ira où la mèneront ses pas. Personne ne lui dictera son chemin.

Approchez mes sœurs humaines, allez, venez !

Mettons nos robes de fête et du khôl sur nos paupières.

Sortons nos souliers, nos blighates (chaussons) et nos claquettes.

Faisons sauter les bouchons et trinquons (à l'huile d'olive).

N'écoutons pas ceux qui nous aiment sans voix et veulent, avec leurs mots, nous enfermer dans leur moi.

Le rêve n'a duré que quelques secondes et lorsque j'ai ouvert les yeux, il s'était déjà envolé comme un papillon de nuit. Mais si j'ai pu l'entrevoir ne fût-ce qu'une fraction de seconde, c'est que sa réalité existe en filigrane.

Viendra le moment où il se réalisera, aussi vrai que le jour se lève.

Le lendemain et les jours d'après, le sillon qui coupait ton front en deux a creusé un peu plus les traits de ton visage et l'a définitivement fermé au monde.

J'ai perdu ma mère. Il ne restait de toi qu'une masse de chair que tu traînais comme un boulet.

Tu occupais toute la place. Mais tu n'avais aucune place.

Je savais que ton cœur débordait d'un amour infini dont toi-même tu étais coupée. Je savais que tu m'aimais, ma mère. Mais la haine a pris le dessus. C'est elle que tu m'as donnée en partage. C'est la douleur de ne pas être aimées qui nous unit. La douleur, c'est ce que nous partageons le mieux du côté féminin. De mère en fille, de bouche à oreille, de murmures en injonctions, de renoncements en abdications, de génération en génération.

Jusqu'à quand ?

Comment mettre fin à cette spirale ?

Faut-il que la mère meure pour que vive la fille ?

N'y a-t-il donc pas de place pour le féminin entre toi et moi ?

Avant ce jour fatidique où je suis devenue une petite bonne femme en bonne et due forme, je n'avais aucune idée de l'anatomie de mon corps. Personne ne m'en avait rien dit. Motus et bouche cousue et plein de trous dans ma mémoire.

Yéma, comment s'appelle le clitoris en berbère ?

A-t-il seulement un nom ? Pourquoi tout ce silence ? Malheur à la fille qu'on surprenait la main dans le sac. On la punissait aussitôt d'une pincée de piment de Cayenne jetée avec une jouissance sadique sur la partie en cause. Une torture banale pratiquée en toute légalité.

Les hommes laissaient faire, feignant de ne rien voir. Ils s'en lavaient les mains en tout bien tout honneur.

Ils s'empressaient de déléguer aux femmes (sans rechigner pour une fois) le droit de se charger de la sale besogne. Les mères, les belles-mères, les grand-tantes et les grandes sœurs se sont vite emparées de ce petit bout de pouvoir. Et, sous le regard inquisiteur des mâles dominant par la force, la menace, le harcèlement, le chantage, les intimidations et toute sorte de représailles, elles sont devenues expertes en matière d'autosurveillance et d'autopunition.

Qui mieux qu'elles pouvaient contrôler *à la maison* le corps des petites filles ? (Les hommes s'en chargeaient à l'extérieur).

Elles excellaient à jouer le rôle de gardiennes de valeurs mutilantes qui agissaient contre elles et contre les filles, au vu et au su de tous. Mais, pour reproduire sans pitié ce supplice « pimenté », il faut l'avoir subi soi-même au moins une fois. On en « sort » bien traumatisée, atteinte au plus profond de son être, broyée dans sa chair et sa dignité, et, plus grave encore, coupée de ses émotions et de son désir, pour longtemps.

Puis, sans s'en rendre compte, on finit par aimer le plus normalement du monde ce qui nous a humiliés.

Le fameux syndrome ne sévit pas qu'à Stockholm. Il frappe aux quatre coins de la planète.

Ce petit bout de Rien donne du fil à retordre à ceux qui ne l'ont pas.

Ils sont prêts à tout pour en venir à bout.

Certains croient qu'il suffit de l'arracher pour couper la parole aux femmes, pour éteindre le souffle de vie.

D'autres disent : puisque le garçon en a un en entier et la fille seulement un petit bout de rien du tout, alors, pour le partage de l'héritage, inscrivons dans le testament : *À lui la part du lion et à elle ce qu'il en reste.*

C'est logique, mathématique.

Même Freud, d'habitude lucide et clairvoyant a perdu la boussole en approchant le Continent noir*.

Il a confondu LA Femme (avec un grand L, un grand A, un grand F...) et le féminin qui n'est ni grand ni petit, mais seulement différent du masculin.

Il a coupé court, il a tranché dans le vif : *le clitoris ? C'est un pénis. Mais en miniature. Voilà.* Et tout est rentré dans l'ordre.

La comparaison est un poison. C'est par là que la guerre commence.

Quand j'ai entendu le mot règles pour la première fois, je ne me suis pas du tout sentie concernée. J'ai cru qu'il s'agissait de cet instrument plat, en plastique chez les pauvres, en bois pour ceux qui ont un peu plus de moyens et en métal précieux chez les riches.

En réalité, cette tige graduée qu'on gardait dans nos cartables pour tracer des lignes droites servait aussi à mesurer la surface très carrée de la pensée humaine dès qu'on abordait le sujet, le verbe et le genre.

IV

La pomme de terre et la pomme
de l'air

Règles. Qui a inventé ce mot glacial alors que le sang circule à trente-sept degrés dans le corps humain et peut monter jusqu'à quarante-deux en cas de fièvre ?

« C'est le serpent ! C'est lui ! Celui-là, rien de bon ne peut sortir de sa sale gueule. Il a le sang si froid ! »

Mais tout le monde sait que le serpent ne parle pas. Même qu'on dit des animaux qu'il ne leur manque que la parole (pour devenir des humains comme les autres ?)

Ce n'est donc pas lui. On ne peut l'accuser d'avoir propagé cette folle idée ! Mais alors qui ?

Celui qui a inventé ce mot, a-t-il mesuré les dégâts qu'il allait causer dans la pensée des jeunes filles ? A-t-il pris au pied de la lettre ce qui est écrit dans la Genèse ? Est-il du genre à s'arcbouter sur le premier degré ? Croyait-il qu'il n'existe qu'une seule constellation[1] dans le ciel ? Qu'il n'y a qu'une seule règle de vie, la sienne ?

Sérieusement, a-t-il gobé cette histoire de pomme qu'Ève aurait soi-disant fait bouffer de force à Adam ? Pomme amère et cruelle que l'Humanité a reçu en pleine poire et qui lui est restée en travers de la gorge. Elle a hanté l'imaginaire, imprégné la pensée, façonné le regard et cassé les oreilles et les dents de plusieurs générations.

Comment se fait-il qu'un fruit qui fait du bien (en principe) ait pu faire tant de mal ?

Et pourtant, à l'époque où Ève aurait commis ce forfait, il n'y avait pas de pommes. Il n'y avait que des malus[2]. En fait, pas plus ni moins qu'Adam, Ève n'a jamais existé. Elle est née de l'imagination de ceux qui l'ont inventée pour conjurer leur peur de l'origine du monde. Ils sont allés jusqu'à la faire sortir d'une côte. Une côte ! Pourquoi pas une côtelette pour faire écho au suffixe *ette* accolé au féminin ? Maisonnette (dans la prairie), paupiettes (de vau-l'eau), serviette (nom commun de servitude), beurette (jeune fille fantasmée de banlieue), recette (de carottes cuites) et pommette (d'Adam).

Allons, allons, tout ça n'est pas net. Quelle affaire !

Il faut que quelque chose de nouveau naisse ! C'est urgent. Il est temps de sortir de cet enfermement. On ne va tout de même pas répéter jusqu'à la fin de l'Histoire ce scénario qui fait tant de ravages !

Il n'y a déjà presque plus d'abeilles, le dauphin de Chine et le grizzly mexicain ont rendu l'âme.

La tortue luth, la panthère de l'amour, le rhinocéros de Java, l'éléphant de Sumatra, le tigre de Sibérie, le marsouin du Pacifique… tous sont en voie d'extinction et les humains se posent encore et toujours la même question : pour que la paix advienne enfin sur Terre, qui de la femme ou de l'homme doit disparaître en premier ?

On sait déjà qu'il manque cent cinquante millions de filles en Chine, soixante-trois millions de femmes en Inde et vingt et un millions de filles non désirées dans ce même pays. Sans compter celles qu'on n'a pas comptées dans les autres pays.

Ève est un fantasme. La première femme du monde, c'est Lucy. Elle a trois millions deux cent mille ans et Ève quelques millénaires à peine. De nos jours, il se trouve encore des paléontologues qui ne supportent pas l'idée qu'Ève ne soit pas une femme, mais juste une idée. Une idée comme une autre. Alors, pour se rassurer, ils affirment, sûrs d'eux : *« Lucy n'est pas tout à fait du genre humain. Ce n'est qu'une lointaine cousine. »* Ils ont beau dire, il n'empêche, c'est notre cousine quand même. Elle est au moins humaine en partie. Ce qui est loin d'être le cas d'Ève fabriquée de toutes pièces à partir d'une peur panique.

Le serpent n'a rien demandé aux amoureux qui se bécotaient sur les bancs du paradis.

L'Éden, ce n'est pas son truc. Non, vraiment, ce n'est pas son lieu de prédilection. Pour lui, le paradis est un endroit trop parfait pour être vrai.

Tout ce qui tourne autour du fini l'ennuie. Lui, c'est l'horizon sans fin et ses mystères qui l'attirent.

Pour qui croit que l'être animal n'est pas une chose, il suffit de tendre l'oreille pour l'entendre murmurer dans une langue très facile à comprendre. C'est le langage de l'au-delà des mots.

— Moi, j'aime la vie terre à terre, au ras des pâquerettes. Pour moi, toute créature est digne d'intérêt. Ce sont les terriens qui hiérarchisent et mettent des étiquettes. En quel honneur, dites-moi, la pâquerette serait-elle moins noble que la violette ou la jacinthe ?

Tout est affaire d'angle de vue. Moi, je ne regarde pas l'humain de haut. Je n'ai pas sa prétention et son mépris pour « les choses » d'en bas.

Dans ma position, je le vois à la racine, de la plante des pieds jusqu'à la tête. La tête, c'est là où tout se passe pour lui. C'est à la fois son point fort et son point faible. Il passe plus de temps à se prendre la tête qu'à réfléchir le reflet de la vie autour de lui.

Je vois son talon d'Achille. Là est mon avantage sur lui.

J'entends tout ce qui se passe à des kilomètres à la ronde, rien qu'en écoutant les vibrations du sol.

L'infiniment grand tire sa grandeur de l'infiniment petit. En vérité, le valet est plus fort que le roi ; il n'est pas exposé comme lui à la lumière en permanence. Son atout se trouve dans le fait qu'il a accès à la fois au décor et à son envers. Il ne se laisse pas éblouir par les apparences.

J'aime le large ! J'aime me faufiler entre les fleurs sauvages, me perdre dans les forêts profondes et me baigner dans les marécages.

Qu'ai-je à faire dans cet enclos ?

Nuit et jour on est épié par un œil dissimulé derrière chaque buisson.

Je suis un être humble et solitaire. J'aime à passer inaperçu.

Mon fruit préféré, c'est la pomme de terre. L'autre pomme je la laisse à Adam.

J'aime l'effort et me sentir en progrès.

Rien ne m'attire tant que d'avancer et de me frayer un nouveau chemin.

Le travail mâché ne donne aucun enseignement.

Ce qui est écrit avant d'être vécu enfante un être vaincu et rance.

Ce qui tombe du ciel est cuit d'avance.

Oui, il me plaît d'éprouver les mouvements de la Terre.

Il me plaît de humer le silence, de me perdre, me retrouver et me perdre à nouveau.

Ce va-et-vient entre le connu et l'inconnu régénère mes vaisseaux sanguins et rend ma pensée fluide et ouverte.

Entendre le bruit de l'univers sous ma peau qui se transforme au fur et à mesure que je progresse, voilà ce qui m'émeut et me met en extase.

Si vous saviez comme vos sornettes me tapent sur le système !

Vous me faites rire avec vos manigances.

Comme vous, j'ai des hauts et des bas.

Je peux atteindre les plus hauts sommets en deux temps trois mouvements, et, la seconde d'après redescendre au ras du sol sans préjuger de ma position.

Haut et bas sont une vue de l'esprit humain. C'est la pire des inventions.

Ce qui existe, c'est la rosée du matin, le coucher du soleil au point de l'horizon où le ciel et la terre ne font qu'un. Ce qui est palpable, c'est la joie que j'éprouve quand je croise le chemin d'une nouvelle créature. Quelle abondance ! Quelle biodiversité ! Aucun être vivant ne ressemble à un autre.

Au moins cent vingt mille espèces de papillons, onze mille types de fourmis, trois mille variétés de coccinelles...

Adam a la vue bien étroite. Dès qu'il m'a aperçu, il a cru que j'étais le prolongement naturel de ce qui lui pendait entre les jambes.
Il a couru vers Ève et lui a dit : « Moi j'en ai un long (d'où le pantalon) et toi un court (d'où le pantacourt). Ha, ha, ha. » Ève s'est penchée vers moi et m'a chuchoté à l'oreille : « Tu entends ça ? Ça y est, c'est foutu pour moi ! Voilà que ce que je redoutais est arrivé. Voilà qu'Adam s'attache à la forme et dédaigne le fond. Le voilà qui se vêt d'une armure.
Il ne voit pas que la lumière ne passe que là où il y a une brèche, une cassure !
Il croit qu'il suffit d'avoir pour être.
Nous voilà pris au piège infernal du paraître.
Nous voilà embarqués pour un tour de galère sur toute la surface de la Terre, pour des siècles et des siècles ! »

C'est ainsi que la vie sur Terre est devenue un enfer. Surtout pour les femmes et les animaux.
Je suis bien placé pour le savoir.
Au commencement, je me suis laissé distraire par les merveilles de la Création que je découvrais sur mon passage. Je me suis égaré et je me suis mis à chercher mon chemin.
Mais Adam et Ève m'ont vu de loin. Trop tard ! Ils m'ont capturé et pris en otage, car il est écrit dans la Genèse, chapitre 1-28 : « Remplissez la terre et soumettez-la, et dominez sur les sur

les poissons de la mer, les oiseaux du ciel et sur tout animal qui se meut sur la terre ».
Je suis le premier être vivant condamné par les terriens à vivre en captivité.

Le serpent passait son temps à tourner en rond autour d'Adam et Ève qui tuaient le leur en jouant à *Tournez manège* du matin au soir.

Ils tournaient autour du pot pour éviter d'entendre la phrase qu'ils redoutaient par-dessus tout : *Terminus, tout le monde descend, nous touchons Terre !*

Le serpent s'ennuyait à mourir dans ce lieu coupé du monde où le destin de chacun (et surtout de chacune) était tracé d'avance pour plusieurs millénaires. Mais il avait une arme fatale, son venin à double tranchant. Un jour, il s'est dit :

— Bon. Si ces deux-là continuent à me prendre pour ce que je ne suis pas, s'ils persistent à jouir de mon malheur, je m'en irai leur dire deux mots en face. Je leur cracherai leurs quatre vérités, je leur lancerai mon venin. Mais s'ils me fichent la paix, je leur ouvrirais mon cœur. Je leur dévoilerais ma face cachée. Je leur offrirais ma douce salive en héritage. Elle sera prisée et recherchée par tous les laboratoires du monde pour soigner les blessures. Je possède le poison et l'antidote. Le bien et le mal cohabitent en harmonie chez moi. Je les

accepte tels qu'ils sont. Je ne privilégie pas l'un au détriment de l'autre. Ça, c'est la spécialité des terriens. Pas de ségrégation dans ma maison ! Pas de bonnes ou de mauvaises herbes dans mes parages ! Il n'y a que des êtres vivants en constante transformation. Le bon et le mauvais sont les deux faces d'une même médaille. C'est le mal qui révèle le bien.

Dans la fougue de leur jeune âge, Adam et Ève avaient pris le serpent pour un jouet. Ils le tiraient par la queue, le jetaient en l'air, lui arrachaient la peau à vif et en faisaient des chapeaux pour se protéger du soleil.
Le serpent grillait sous les UV ardents du Paradis. Il soufflait sur ses brûlures pour soulager son corps en feu et criait en silence : *c'est l'enfer ici ! L'enfer est ici ! L'enfer est sur terre !* Mais personne ne l'entendait. Les deux amoureux continuaient à jouer chacun sa partition au milieu de l'Éden, dédaignant toute autre créature comme s'ils étaient le centre de l'Univers. *Avant nous il n'y avait rien, après nous le déluge !* chantaient-ils en marchant bras dessus bras dessous de bout en bout du jardin soi-disant unique au monde. Chacun voit midi à sa porte.
Pourtant, il suffisait de faire un pas de côté pour s'apercevoir que des jardins, il y en avait un peu partout. Et même de vastes forêts à perte de vue,

des vallées, des prairies et des montagnes habitées par une multitude d'humains et d'animaux. Sans compter que d'autres êtres que les terriens menaient leur barque dans leur vaisseau à leur manière, dans l'espace infini de l'immensité intersidérale.

Et que dire du monde invisible que seuls les chamans, les *lawliyat* et les médiums perçoivent ? Et les poètes, les derviches, les troubadours, les saltimbanques, tous les fêlés qui se laissent transpercer par un brin de folie salutaire pour sortir de leur cocon ?

Le serpent, lui, avait accès à toutes ces dimensions, mais ses deux coexistants ne tenaient pas compte de son point de vue. Personne d'autre qu'eux ne comptait. Ils se regardaient sans cesse en cherchant leur reflet l'un dans l'autre et ils ont fini par se perdre dans leur image. Ce jeu de miroir qui n'en finissait pas n'amusait guère le serpent. Matin et soir, il s'exerçait en cachette à prendre son élan et se tenait prêt à bondir sur quiconque l'approcherait. Le manque de communication, le peu de considération pour son être et ses appels au secours restés sans réponse lui ont ravi toute son humanité. Il suppliait en vain ses gardiens de prison de le laisser partir et retrouver les grands espaces.

Il n'avait qu'une envie, quitter au plus vite cette cage dorée appelée paradis.

Mais Adam et Ève n'en avaient cure.

Ils passaient toute la journée la tête en l'air et lui marchaient sur le ventre et la queue à chaque fois qu'il le croisait. Ils cueillaient ce qu'ils prenaient pour des pommes et les lui balançaient à la tête en riant comme des baleines. Puis ils se mettaient à mâcher du *lazuq* (le chewing-gum de l'époque), le regard scotché au ciel, la première télévision de notre ère.

Le serpent lançait des SOS désespérés. Il poussait des cris déchirants que seuls ceux qu'il avait quittés le jour où il s'est perdu pouvaient détecter.

— Cette situation ne peut plus durer. Je ne suis pas né pour être l'esclave des fantasmes humains.

Je veux vivre ma vie terrestre et poursuivre mon chemin avec vous. Je suis un être animal, fier d'être sans avoirs (en banque).

Où êtes-vous mes amis de la faune et la flore ?

Entendez-vous mon appel ?

Je n'en peux plus de cet air conditionné.

Cette routine finira par éteindre ma flamme et brouiller mon sens de l'observation.

Écouter sans juger, voir au-delà du bien et du mal, tel est mon destin.

J'en ai marre de traîner ma pauvre carcasse ici.

Marre de faire du sur-place. Moi, je mue chaque

saison et eux répètent les mêmes gestes, la même rengaine de génération en génération, sur tous les continents.

Un jour, alors qu'Adam et Ève faisaient la sieste à l'ombre d'un pommier (un figuier, en réalité), le serpent s'approcha d'eux en silence, leur cracha son venin et prit la poudre d'escampette.

Adam fut atteint en haut, à la tête, et Ève en bas, à l'utérus.

Depuis ce jour, béni pour le serpent et maudit pour les terriens, l'homme s'est replié sur lui-même. Il a commencé à s'enfermer dans ses idées et la femme dans l'idée que l'homme se faisait d'elle. C'est ainsi qu'elle a perdu le contact avec son centre de gravité, situé au bas-ventre exactement.

Petit à petit, elle s'est mise à mépriser cette partie de son corps en oubliant qu'il était le siège de sa pensée ! Utérus. Quel nom bizarre ! Voilà un terme acide qui évoque le caoutchouc, un sac en plastique, un cactus, un cirrus, un autobus, enfin tout ce qu'on veut sauf la réalité de cette partie du corps féminin. Pourquoi occulter la texture souple, lumineuse et chaude de ce lieu ? Pourquoi mettre des gants et persister à jeter un froid sur cette partie en l'enfermant dans un mot qui ne parle à personne ? Utérus-bonus-malus. On peut continuer comme ça jusqu'à Uranus, la planète la plus froide du système solaire, mais rien ne fera taire le désir de l'être humain de devenir ce qu'il est : l'amour au commencement, l'amour au milieu, l'amour au recommencement.

Yéma, ces ancêtres imaginaires et pourtant si prégnants m'ont transmis la croyance que le bonheur est un don du ciel (qu'on mérite ou pas, c'est selon) et non un cheminement personnel.
Qu'il est une récompense et non le fruit d'un travail sur soi au quotidien avec son lot de souffrances et ses bouquets de joie.
Il m'arrive encore de croire que tout ce qui se situe au-dessus est béni et tout ce qui est au-dessous est maudit. Mais voilà, c'est par en bas que l'humanité est venue au monde. C'est sur la vie elle-même qu'est tombée la malédiction.
En réalité, ce n'est pas la vie qu'on cherche à détruire, mais la mort que la vie porte en elle et qu'elle annonce en filigrane dès la naissance.
On veut tuer la mort pour rester immortel.
Mère, si tu savais ! Tout ce qui vit me fait peur. Il n'y a que la fin des temps qui me rassure. La fin du monde m'exalte et me donne des frissons.
Dans les manifestations, je fais semblant de m'indigner, je crie *Halte à la guerre ! Vive la paix !* mais (pourvu qu'elles ne tombent pas sur ma tête et celle de mon psy, de mes frères et sœurs, mes amis les plus proches et, bien sûr, toi,

vava et Tiziri-Altaïr mon chat bien-aimé) les bombes qui explosent me font bondir d'excitation à chaque fois qu'elles atteignent leur cible. Elles égaient ma routine, elles me tirent du train-train quotidien et remplissent mon vide existentiel.
Oui, les bombardements sur les villes (lointaines de préférence) me font oublier pour un temps la guerre qui se mène en moi.

V

Un monstre doux et chaud est
venu me visiter

Lorsque j'ai entendu le mot *menstrues* pour la première fois, j'ai sursauté. Quel mot horrible ! Quelle terreur ! C'est le début de l'inquisition !

Dans la langue kabyle ou en arabe dialectal, tous les mots sont permis pour ne pas nommer *ça*. Là-bas, par-delà les montagnes *ça s'appelle l'aâda* et par ici *ça* se dit *idamen (le sang)* sur un ton tragique qui évoque l'effroi et la désolation. Prononcer ce mot en public revenait à porter atteinte à la dignité humaine.

C'est une transgression majeure.

Pour ne pas avoir à franchir cette ligne rouge, les filles faisaient profil bas et se préparaient gentiment, confuses et silencieuses, à endosser leur futur statut de mineure à vie, avec le soutien inconditionnel de la société et de la loi.

Pour une raison que j'ignore encore, les femmes de ma tribu utilisaient l'expression *la mère de si Salah* pour nommer ce qu'on ne doit pas nommer. Lorsqu'une nana « entrait dans son cycle », elle lançait publiquement : aujourd'hui, la mère de si Salah est venue me rendre visite.

Tout le monde comprenait. Les hommes baissaient les yeux et lissaient nerveusement leurs moustaches hérissées. Mohand Oukaci grillait cigarette sur cigarette en jetant un regard maussade à sa femme qui le narguait de loin avec un sourire angélique, tandis que Saïd n'Aït Alhoudi faisait les cent pas dans la cour, les mains jointes derrière le dos comme s'il allait à un enterrement. Cela voulait dire pour eux qu'il ne leur restait plus qu'à se préparer moralement et physiquement à être privés de paradis durant tout le séjour de la mère de si Salah. Les femmes qui n'aimaient pas trop l'idée d'aller chaque nuit à l'Élysée (synonyme de Paradis dans le dictionnaire) s'en réjouissaient une semaine à l'avance au moins. Elles chantaient à haute voix, distribuaient des tapes sur le dos par-ci par-là et ne se gênaient pas pour montrer combien elles étaient heureuses d'être reléguées à la caste des Intouchables pendant ces cinq ou six jours par mois. Quelle paix ! Détente totale pour le corps et l'esprit. Vive les vacances !

Un repos de la guerrière bien mérité.

Pendant ces jours fériés, les jeûneuses du sexe donnaient libre cours à leur imagination pour concocter des mets aussi succulents les uns que les autres. Lorsqu'on la fait avec plaisir,

la cuisine se hisse au plus haut point de la pyramide, c'est le huitième art, juste après le cinéma.

Et toi ma mère, comment c'était pour toi ? Jamais un soupir ne s'est échappé de ta chambre. Aucun bruit. Pas de vagues. On aurait dit une tombe.

Et pourtant, comme dans toutes les maisons du village, tous les deux ans le cri d'un bébé déchirait le silence pour dire sa douleur, sa peur et son dégoût de venir au monde sans être désiré ni attendu, ni vu ni connu. As-tu eu du plaisir en me concevant, ma mère ? As-tu goûté à l'extase ?

Yéma, comment s'appelle l'orgasme en kabyle ? Mais peut-être que cet état n'existait pas chez les femmes de ta génération ? Est-ce une affaire de génération ou une affaire courante ? Une affaire de famille ? D'État ? De conditionnement ? D'éducation ? De pouvoir ? Une bonne affaire, mais seulement pour les hommes ? Ou bien une affaire de trop dont tu n'en avais rien à faire ? Comment le savoir si tu ne me parles pas du tout de ça ? Quoi qu'il en soit, sache que pour moi c'est loin d'être une mince affaire. J'ai hérité d'un tel bazar ! Crois-moi, ce n'est pas par hasard que je t'interroge aujourd'hui.

Mais assez de t'accabler ! Pourquoi te harceler avec toutes ces questions ? Il suffisait de regarder ton visage livide, ta tête baissée et tes mains fermées sur ta colère rentrée. Tout ton être était défait de bon matin. Ça se voyait de loin. On aurait dit que tu revenais d'un champ de bataille.

Dès la première heure du jour, tu te jetais sur la nourriture et tu avalais tout ce qui te tombait sous la main. Rien ne semblait combler ce vide sidéral qui t'habitait et t'empêchait de te poser dans ton corps, ce territoire légalement occupé par la tribu.

Tu remplissais le vide de ton existence de bébés, de silences, de dégout, de sanglots étouffés, de rage ravalée. Et de bouffe non désirée. Il y avait toi d'un côté et ton corps de l'autre. Entre les deux, la tribu.

Ton corps lui appartenait de la plante des pieds à la racine des cheveux. Elle l'employait à plein temps selon ses besoins, sans la moindre contrepartie.

Pas un sourire, aucune reconnaissance.

Reconnaître qui, quoi, puisque ton corps c'était le sien ?

La mère porteuse existe depuis la nuit des temps. Pourquoi jeter la pierre à celle qui met son ventre en location aujourd'hui ? Si tu avais été payée pour toutes ces fois où tu as porté contre ton gré une vie qu'on t'imposait, tu aurais été une femme au porte-monnaie bien rempli. Ce salaire aurait compensé un peu, un tout petit peu le travail au noir, la cadence infernale, la sueur, le sang, la peine et le mépris.

Et moi yéma, est-ce que tu m'as désirée ?

As-tu souffert de moi ?

Ai-je été un fardeau parmi d'autres ?

Dis-moi quelque chose, parle-moi ! Après tout, ne suis-je pas ta co-errante dans l'incohérence généralisée de ce monde qui cherche un sens là où il n'y en a pas ? Les mots que tu ne m'adresses pas me parviennent par transmission de pensées.

Ils enflent, ils s'étalent, ils s'emballent et ils débordent. Ils colonisent mon âme. Tout ce que tu ne me dis pas prend toute la place et m'empêche de prendre la mienne. Les seuls jours où tu étais un peu présente, un peu chantante, c'était lorsque la mère de si Salah était à tes côtés. Cette échappée belle que la tribu ne pouvait contrôler irradiait de toi une lumière invisible à l'œil nu, assez proche pour être vivifiante et assez lointaine pour ne pas éblouir. Elle éclairait, elle éveillait, elle bousculait les idées reçues et poussait à l'insurrection.

Pendant ce court instant de ta présence sur Terre, tu semblais me dire : *« Ne regarde pas en arrière, avance, ne lâche pas l'horizon. Ne fais pas comme moi, surtout pas !*

On peut posséder ton corps, mais personne ne peut enfermer ton âme. Pas même moi. Pas même toi. Prends contact avec ta vision intérieure. Vois avec tes yeux ! N'accepte jamais d'habiter dans le regard des autres. Rentre dans ton espace intérieur et quitte

La maison-prison qu'on te prépare depuis des lustres. Ce n'est pas la tienne, tu n'as même pas les papiers qui prouvent que c'est ton lieu d'assignation à résidence. Du jour au lendemain, n'importe qui peut te mettre dehors, au nom de la loi ».

Cette lumière furtive m'a fait tellement peur !
Moi qui croyais que c'était le noir, la cause de
mes frayeurs !

VI

La rosée sur le figuier

Un jour, par un frais matin d'été, notre voisin Nath Samar, à peine plus âgé que moi d'un an ou deux est venu me chercher pour m'emmener avec lui cueillir des figues dans la propriété du clan, à trois ou quatre kilomètres du village.

Vava me laissait partir seule avec lui sans crainte. Que pouvait donc me faire cet innocent petit garçon avec son petit short en toile, sa petite casquette bleu marine et son chewing-gum qu'il faisait claquer à tout bout de champ les mains dans les poches ?

La veille du départ, toute la nuit j'ai rêvé de ce succulent *avakur*, la fameuse figue précoce qui ne dure que quelques jours, saveur profonde de l'éphémère.

J'étais excitée comme une puce à la pensée de me frotter de si près à l'odeur des feuilles du figuier. La perspective de voir surgir ce lait onctueux des petits seins de l'arbre sous les rayons chaleureux du soleil de juillet me mettait dans tous mes états.

Le champ du clan se trouvait derrière la colline. Il fallait bien au moins une heure de marche pour l'atteindre. Mère, c'est de là qu'est né mon goût de la randonnée.

Nath Samar m'a pris la main et a enfoncé son autre main dans sa poche. Il sifflotait gaillardement et les cigales lui répondaient en écho par une mélodie réglée à la perfection.

Dès que les unes s'arrêtaient, les autres reprenaient aussitôt comme si un chef d'orchestre invisible battait la mesure dans la brume. Mes oreilles explosaient de joie devant ce concert matinal qui se jouait dans les premières lueurs de l'aube. De temps en temps, Nath Samar me regardait et me disait : alors, ça te plaît ?

Et je lui répondais : oh oui ! Le chemin est si doux quand tu es à mes côtés !

Il souriait, bombait la poitrine et cachait son trouble en allumant la cigarette qu'il avait dissimulée dans sa chaussette (le chewing-gum, c'était pour bluffer vava).

À douze ans, il avait déjà commis tous les forfaits qu'un jeune garçon de son âge pouvait s'autoriser avec le consentement bienveillant des villageois et des autorités locales.

Tout en continuant à avancer, Nath Samar a glissé sa main tremblante et chaude sous le haut de ma robe. Avec une grande douceur, il a commencé à frôler le bout de mes seins en formation avec ses doigts agités et brûlants d'impatience.

Grâce soit rendue à ce matin de l'Univers !

Je ne marchais pas, je flottais.

À notre passage, l'asphalte luisant d'où s'échappait une fine fumée de gasoil s'est transformé en une vallée de coton vert et jaune, parfumé à *l'amezir*, la lavande du coin.

Nos amies les cigales ne savaient plus où donner de la tête pour nous offrir leur meilleure symphonie. On aurait juré qu'elles nous attendaient spécialement depuis l'aurore.

La main de Nath Samar est allée faire un tour sur l'autre sein avant de revenir sur le premier. Puis il s'est arrêté net, et, des deux mains, il s'est mis à malaxer ma poitrine. Mon corps a pris feu !

Les villageois qu'on croisait nous saluaient et passaient leur chemin sans rien voir de notre petit manège bien huilé. C'est que les préliminaires avaient eu lieu l'été d'avant. Depuis, nous avions acquis une expérience plus que satisfaisante dans l'art de camoufler nos émois. Est-ce le plein air qui m'enivrait ainsi ? Les caresses turbulentes mais si douces de mon ami ? Ou bien le fait d'accomplir au grand jour les gestes interdits ?

Dès que nous avons posé les pieds sur la terre des ancêtres, un souffle doux et puissant venu de très loin s'est répandu sur nos visages en signe de bénédiction.

Nath Samar a cueilli une figue pour moi et une autre pour lui, puis nous nous sommes assis sous *notre* arbre sans rien dire (dans l'autre paradis, c'était soi-disant un pommier).

Le soleil était déjà levé et ses rayons flamboyants ont commencé à effleurer nos peaux prêtes aux délices à venir. Nath Samar s'est approché de moi et, tout doucement, il a posé son index sur ce bout de quelque chose qui l'intriguait tant. Sa main est restée un long moment à fouiller, farfouiller. Mon p'tit chéri explorait la Terre promise en retenant son souffle. Il a fait un pas de plus depuis l'année dernière, mais il continuait à chercher je ne sais quoi avec une pointe d'angoisse au bout des doigts.

Et comme il ne trouvait pas ce qu'il croyait devoir trouver, une grande panique s'est emparée de lui. Il s'est levé et il a allumé une deuxième cigarette. Pendant qu'il fumait, j'ai levé les yeux au ciel et je l'ai supplié de venir à notre secours. Mon amoureux a aussitôt éteint sa Bastos sur sa Pataugas et s'est mis torse nu. Il a saisi ma main délicatement et l'a dirigée vers la fente béante de son short. Cette courbure qui pointait m'a tourné la tête au point où je ne savais plus où se trouvaient mes pieds ! J'ai commencé à la tripotailler dans tous les sens comme il faisait à l'aube avec mon sein. Nous faisions tout ça en sachant pertinemment que si quelqu'un nous surprenait, ça allait être notre fête. Mais, en attendant, nous jouissions de l'instant présent sans nous soucier de rien.

Mère, et toi, as-tu connu ces instants de grâce ? Est-ce que par hasard tu as pu leur voler des moments comme ceux-là quand tu avais dix ans ? As-tu senti ce frisson qui parcourt la peau et monte jusqu'au cuir chevelu, met sens dessus dessous toutes les idées reçues et fout en l'air les on-dit et les non-dits ? Parle-moi, dis-moi quelque chose.

Aujourd'hui, tout ce que je sais c'est que, quand on brûle cette étape, le feu sacré s'éteint pour longtemps. Et parfois pour toujours. Et ce n'est pas tout. Avant de s'éteindre, le feu perd son côté régénérant. Il se retourne alors contre nous et ravage tout ce qui vit, provoquant au passage toutes sortes de maladies physiques et mentales.

VII

La Méduse m'a sci_er_*

Je ne sais rien de ce que tu as vécu dans ta chair, mais ma chair, elle, sait. Elle n'a pas oublié. Aujourd'hui elle me demande des comptes en s'enrhumant, en me faisant mal au genou, au dos, à la tête, au cœur. Parfois elle fait la grève de la faim. Il lui arrive même de perdre le goût de l'eau. Je n'ai presque jamais soif. Je ne bois que les paroles qui me redonnent l'envie de vivre.

Il me faudra des années sur le divan d'un psychanalyste pour sortir mon corps de ton corps. Des séances et des séances pour que tu cesses de me posséder comme on possède un meuble, un chien ou un collier. Qu'il soit serti de perles rares, d'or blanc ou jaune, de rivières de diamants, ou en toc, un collier est un collier.

Je suis venue au monde par toi, pas pour toi.

Mère, je ne suis pas toi. Je ne suis pas à toi. Je suis de la vie. Je suis la vie.

Venir au monde est une étape, naître en est une autre. Naître, mourir et renaître encore et encore. Avancer, reculer, tomber, se relever et retomber. Me défaire de mes oripeaux et de mes vieilles peaux, démêler l'écheveau, délier ma langue de bois, me désentortiller les boyaux, défaire les nœuds et quitter les eaux stagnantes, voilà le chemin qui me reste à faire pour devenir un être humain.

Nous étions deux en une. Nous formions un bloc trop vulnérable, parce que trop soudé. Un simple coup de vent pouvait le démolir. Aucun espace pour laisser circuler l'air entre nous. La puissance n'est pas dans l'opposition. Elle est dans l'accueil, la brisure.

Quand *je et tu* deviennent une seule et même personne, le désir de meurtre rôde alentour comme un vautour.

J'étouffais par solidarité avec toi, croyant dur comme fer que c'était ça, aimer.

Yéma, aujourd'hui je peux enfin te le dire sans craindre de te faire de la peine, et si mes paroles te froissent quand même c'est d'abord moi qu'elles blessent.

Oui, je te l'avoue, me retrouver face à face avec toi était une vraie torture. C'est ça qui m'a fait fuir, mère. C'est ce silence installé entre nous comme un corbillard qui m'a fait quitter l'Algérie.

Te souviens-tu, yéma, de ce jour où tu nous as surpris Nath Samar et moi au fond de *taaricht*, ce maudit grenier ? Nous ne faisions rien de mal. Au contraire. Son baiser ardent sur mon sein a abattu toutes les cloisons et ouvert les barrières qui obstruaient mes neurones.

Il a fait craquer l'armure et défait le corset invisible[3] qui oppressait ma poitrine.

Tu n'as rien dit. Tu as jeté un regard menaçant et cruel sur ma nudité et tu es redescendue.

Mais ce regard ! Ma mère, ce regard !

Il m'a coupée en deux instantanément. Ma tête est partie d'un côté et mon corps de l'autre. À partir de ce jour-là, je n'arrivais plus à conjuguer le verbe être. Impossible de répondre *présente* quand le maître faisait l'appel.

Présente à quoi ? À ce regard foudroyant ? aux menaces ? au chantage affectif ? à cette effroyable absence de moi-même ? à notre connivence dans le malheur ?

Au lycée, mes professeurs peinaient à cacher leur trouble en me voyant. Ils me regardaient comme si j'étais un point d'interrogation. *« En voilà encore une qui marche sur la tête ! Mais où a-t-elle donc mis ses pieds celle-là ? Un plus un égal deux, pas un, voyons ! C'est pourtant simple à retenir ».*

Comment leur expliquer que ce qui comptait pour moi, ce n'était pas de devenir forte en calcul mais de retrouver mon unité, mon centre de gravité, le lieu de mon ancrage que ton regard a fait voler en éclat ?

Les abstractions, la géométrie dans l'espace, les équations (même à une inconnue), le triangle isocèle, tout ça me passait par-dessus la tête et m'isolait chaque jour un peu plus.

Lorsqu'une fille a des difficultés dans cette matière, pas la peine de lui coller une étiquette sur le dos et de développer tout un présupposé universel, *les filles sont ceci, les filles sont cela*. À la base, les filles sont des filles. Elles deviennent ceci ou cela selon le schéma dans lequel on les a enfermées. Il faut remonter à la source, interroger les antécédents, repérer le choc qui a produit le traumatisme et qui a fait qu'un jour elles ont perdu pied et commencé à chercher leur tête dans les étoiles. On ne nait pas faible en maths, ce sont les maths qui nous rendent faibles, à force de nous faire croire qu'une fille doit compter sur les autres pour avoir un peu d'estime pour elle-même. Si c'était à refaire, je dirais à qui voudrait l'entendre, *je compte sur moi donc je suis ! Je laisse à leurs pensées ceux qui pensent pour moi et à leur miroir ceux qui réfléchissent à ma place.* Malgré toute l'attention, la patience, le dévouement de mes profs, et en dépit de mes efforts acharnés, ma note la plus élevée en mathématiques ne dépassait pas un sur vingt.

Au lieu de développer mon esprit (il n'était pas là, et pour cause !), je cherchais une bouée de sauvetage, le moyen de raccorder les deux parties de mon être qui se sont égarées dans le grenier de mon enfance.

Pour ne pas trop me perdre, j'ai orienté mes pas vers les femmes, continent noir peut-être néanmoins (nez en moins) territoire connu.

On dit d'elles qu'elles ont quelque chose en moins.

Celui qui croit ça est habité par la peur, ni plus ni moins. Il fait de sa peur une théorie pour se rassurer et remplir son vide. Mais le vide n'est pas à combler. Il est déjà investi de la présence d'un autre genre. Il est habité par l'Invisible, cet autre continent noir.

J'ai pris tous les hommes, je les ai mis dans le même sac et je les ai jetés à la mer.

Je haïssais le masculin singulier et le masculin pluriel.

Tout ce qui se rapportait de près ou de loin à ce « genre » me désespérait et provoquait en moi colère et dégout.

Je voyais en chaque homme un ennemi à abattre.

Je le tenais à distance et lui lançais de loin mon regard fatal.

Mais, en réalité, ce regard de la méduse dont j'ai hérité, c'est contre moi que je le pointais comme un poignard.

VIII

La colère de la bougie

Mes pas m'ont menée vers les femmes. Au début, pas par amour, hélas, mais pour me venger de toi ma mère. De moi, puisque toi et moi nous ne faisions qu'une.

Comme tu le sais, je ne suis pas une bombe sexuelle. Je n'aime pas et je ne veux pas qu'on m'aime. Pour aimer, il faut être deux.

L'un-e donne, l'autre reçoit.

Puis l'un-e reçoit et l'autre donne.

Ce don est inépuisable, il se nourrit du Vivant.

Il déborde, il irrigue.

Il se reflète sur tous les visages qu'il croise.

Si le battement d'ailes d'un papillon[4] au Brésil peut déclencher ou empêcher une tornade au Texas, que dire alors du pouvoir de l'amour ?

Il soulève des montagnes d'inertie et fait bouger les lignes. Il fait fondre la glace.

Il allume et entretient le feu sacré.

Il traverse les apparences et balaie les rancœurs.

Il guérit et prévient les maladies cardiaques.

Il donne l'appétit.

Il assouvit sans asservir.

Il ne comble pas la faim. Il la suscite et la laisse se ressentir.

Il ne bouche pas les trous. Il ouvre les barrières.

Il étanche et donne soif.

Il donne, il s'abandonne.

Et il se redonne encore.

Mais si c'est une moitié qui rencontre une autre moitié, elle passe une partie de son temps à croire qu'elle a trouvé l'amour de sa vie. Mais, au fond, elle sait qu'elle n'aime qu'à moitié. L'autre partie du temps, elle la passe à chercher l'autre moitié qu'elle ne trouve jamais. Et pour cause. Elle la cherche dehors alors qu'elle est dedans !
Ça peut durer comme ça toute une vie.
Et quand vient la fin, elle ne meurt qu'à moitié.
L'autre moitié reste sur terre pour tenter de finir ce qu'elle n'a accompli qu'en partie.
On ne peut pas mourir, hélas, quand on n'est pas né.

Je tendais ma toile et lorsqu'elle tombait dans le piège dont moi-même j'étais prisonnière, je démolissais le portrait de toute femme qui m'approchait.
À travers chacune d'elles, c'est toi, ma mère, que je cherchais.
Sans te mentir, c'est toi que je voulais anéantir.
Dans mon aveuglement, je ne savais pas encore, furieuse que j'étais, qu'en cherchant à éliminer la mère c'était la fille que je tuais.
En te jugeant, c'était moi que je blâmais.
Je t'en voulais à mort de m'avoir poussée dans les bras du Connu.

Est-ce que tu croyais vraiment qu'en me confiant à une autre femme, tu allais me garder pour toi, pour le restant de ta vie ?

À moins que ce ne soit pour une autre raison ?

Peut-être, sans le savoir, as-tu cherché à me punir comme on t'a punie d'avoir osé aimer en dehors du clan ?

Mais aimer n'est pas une punition.

C'est l'alpha et l'oméga.

C'est un cheminement. Une graine à faire fructifier qui devient vite un pépin si l'on n'est pas présent, corps et âme, à chaque instant.

Qu'il soit orienté vers un homme ou vers une femme, l'amour c'est l'amour. Ce n'est pas une affaire de sexe. C'est un élan du cœur.

Une respiration. Le souffle de la vie.

Le sexe c'est le sexe. C'est la part animale de l'humain. Celle qui est connectée au cerveau reptilien. On s'en débrouille comme on peut pour ne pas rester au stade chacal[5].

L'une dit : moi ? Il n'y a que ça qui m'aille.

L'autre : pour moi, il n'y a là rien qui vaille.

Quand le sexe est dans le cœur (et non dans la tête), c'est la fête.

Nath Samar n'était qu'un petit garçon et moi une petite fille. On ne faisait pas l'amour, on jouait à l'amour, nuance ! Dans *faire l'amour*, il y a *fer*. Ce n'est pas marrant. Ça fait penser à la guerre.

Même les hippies se sont trompés sur ce chapitre.

Ils se sont soulevés contre l'ordre qui les oppressait en oubliant qu'ils portaient en germe ce qu'ils condamnaient.

Faites l'amour, pas la guerre ! (C'est un ordre !)

Le onzième commandement.

Rien de ce qui se rapporte à la Vie ne s'obtient par la force.

C'est pour cette raison que les Dix Commandements peinent à s'incarner sur Terre. L'amour, ça ne se commande pas, ça se travaille.

Quand il est là, il n'y a rien à dire, rien à faire.

Il y a juste à l'accueillir et puis le laisser faire.

Mère, tu ne me dis jamais rien.

On dirait que ta jouissance se trouve-là, dans ce silence qui me capture.

Mon cœur reste sourd aux murmures du vent et mon corps se ferme comme une huitre à l'approche du corps masculin.

Le médecin que j'ai consulté dans le seizième arrondissement où j'avais ma chambre de bonne, a jeté un œil et il a dit :

— Madame, vous faites du vaginisme.

Quel mot étrange ! Tout ce qui se termine par isme me laisse de glace. C'est un prisme qui déforme la réalité. Je ne comprends que les mots qui disent ce qu'ils veulent dire.

— Docteur, s'il vous plaît, puis-je me permettre une interprétation ?

— Je vous en prie madame, faites donc. Mais je vous préviens, ma spécialité c'est la médecine, pas la linguistique. Nonobstant, je suis curieux de voir comment vous voyez la chose.

— Chose ? Quelle chose ? Il s'agit de la partie la plus vivante de mon corps, enfin !

— Façon de parler, ne vous formalisez guère.

— Les mots sont importants. Je vois bien que pour vous, il n'y a que le diagnostic qui compte.

— Chacun son rayon. Moi, c'est le corps. Pour le reste, vous n'avez qu'à aller voir un spécialiste de l'âme. Encore que, pour ne rien vous cacher, pour moi l'âme n'est qu'une vue de l'esprit. Mais bon, passons, chacun est libre de croire ce qu'il veut, n'est-ce point ?

J'allais lui crier Touche pas à mon psy ! mais, heureusement, je me suis retenue in extrémis. Peut-être que mes mots l'ont touché ? Va savoir ! Et s'il est touché alors qu'il n'est pas prêt, je m'en voudrais, j'aurai des remords.

Ce qui ne manquera pas, évidemment, d'alimenter mon sentiment de culpabilité toujours prêt à bondir à la moindre occasion. Dès que je m'absente ne sait-ce qu'une seconde, c'est là qu'il trouve le chemin pour m'atteindre. Il ne demande qu'à être nourri.

Je le connais bien c'ui-là, il est insatiable. Plus je lui donne quelque chose à se mettre sous la dent, plus il me bouffe. Il veut plus que sa part. Il me veut tout entière.

Je me suis tournée vers le docteur et lui ai lancé, stoïque :

— Vous avez dit chacun son rayon et pour le reste...

— Je confirme.

— Quel reste ? Comment pouvez-vous extraire un bout du tout sans savoir si c'est le bon bout ? Docteur, qui décide de ce qui est bon et ce qui est mauvais ? Et d'ailleurs, y a-t-il seulement un bon et un mauvais ? Ne dit-on pas *à quelque chose malheur est bon ?*

— Plaît-il ?

— J'ai besoin d'avoir une vue globale pour comprendre le détail.

— Restons-en aux faits, je vous prie. Gardons les pieds sur Terre. La réalité, il n'y a que ça de vrai.

— La réalité ? Elle dépasse de loin la fiction, vous le savez bien. Je suis sure, vous devez voir chaque jour des mûres et des pas mûres qui n'étaient pas prévues au programme quand vous étiez étudiant.

— Mais, dites-moi, pourquoi êtes-vous venue me voir au juste ?

— Pour m'aider à ouvrir une perspective.

Comprendre le tenant et l'aboutissant, l'amont et l'aval. Pour…

— Il suffit ! J'ai l'impression que vous confondez tout, chère patiente.

— Pas du tout ! Je cherche seulement à unir le corps et l'esprit. Mais vous avez raison, tenons-nous-en aux faits. Vous avez dit vaginisme, c'est bien ça ?

— Oui, c'est sans équivoque.

— Voulez-vous dire par là que je serais atteinte d'une sorte d'autisme vaginal ? Ou bien simplement une forme d'avarisme au féminin ?

— Avarice, avarice… bon, appelez-le comme vous voulez, inventez un autre terme si cela vous chante, si c'est là votre désir.

— Qui parle de désir ? À quoi ça rime de désirer si on reste fermé à l'Univers ?

— Pas la peine d'en faire un fromage non plus, putain ! Oh pardon, pardon madame. Je ne voulais pas vous offenser. Je… je voulais juste dire que ce n'est pas la fin du monde.

— Mais le début de la galère pour moi, convenez-en enfin ! Quant à la putain, c'est bizarre, je me sens beaucoup mieux depuis que j'ai accepté de la regarder en face en la croisant dans mon miroir embué, ce matin même en me préparant à ce rendez-vous avec vous.

Le visage du docteur s'est raidi un court instant, mais un sourire plastique a vite effacé le manque d'ouverture évident. Il a fait comme si de rien n'était et il m'a dit :

— Quant à ce petit désagrément qui nous occupe, ne vous inquiétez point, chère madame. Nous allons de ce pas remédier à tout cela.

— Que faire docteur ? C'est héréditaire ? C'est fatal ou ça se soigne ?

— Ce n'est pas bien grave. Ça ira mieux avec le temps. C'est un mal qui touche les femmes de toutes les cultures, de toutes les classes sociales, mais elles restent discrètes à ce sujet. Elles n'en parlent qu'à leur médecin traitant. On dirait qu'il y a là de la pudeur, une certaine honte ou je ne sais quoi, enfin une sorte de tabou. Mais vous verrez, cela vous passera quand vous mettrez au monde votre premier enfant.

— Mais je ne veux pas d'enfants ! Je veux juste ouvrir mon cœur à l'amour.

— Dans ce cas, voilà la procédure. Prenez une bougie de cire blanche et exercez-vous à la maison. Vous verrez, petit à petit, tout cela se détendra et tout ira pour le mieux.

Arrivée chez moi, sans plus attendre, j'ai pris une vieille bougie qui traînait sur une étagère du placard entre le paquet de pâtes et la boite de concentré de tomates, le pot de miel et mon fiel, ma rage et mon désir de vivre malgré toutes ces entraves.

Je l'ai soigneusement lavée avec du savon de Marseille et commencé l'exercice en tremblant. J'ai écarté les jambes comme indiqué dans la notice. J'ai même ajouté une touche personnelle au protocole médical, j'ai crié plus d'une fois Sésame ouvre-toi ! Mais, au moindre contact avec la bougie mon corps devenait un bloc de béton armé. Il aurait fallu un marteau piqueur pour en venir à bout.

J'ai dû me rendre à l'évidence, la formule ne fonctionne que dans les contes des Mille et une Nuits.

Soudain, en pensant à la caverne d'Ali Baba, je me suis rappelé les mots de mon psy : *« La porte est fermée de l'intérieur. C'est donc de l'intérieur que vous pouvez l'ouvrir »*. Mais oui ! Il avait raison !

Tout paraît clair à présent. *Sésame ouvre-toi !* n'est pas une invitation, c'est un ordre !

Derrière la magie des mots, cette scène évoque un viol légalisé ! Dans ce conte persan, il y avait un message codé ! Mais oui ! Et ça dure depuis le IVe siècle !

À la claire fontaine, ce n'est pas très clair non plus. Blanche-Neige, Cendrillon, le Petit Chaperon rouge…

Qu'y a-t-il derrière ces histoires soi-disant enfantines ? Des comptines ou des combines pour endormir le désir des filles ? Quels stéréotypes, quels clichés, quels funestes desseins les contes des frères Grimm et de Charles Perrault réservent-ils aux écolières ?

Mais, heureusement, la vie va de l'avant, c'est son mouvement, personne ne peut l'arrêter.

Un jour ou l'autre, les petites filles découvriront le pot aux roses. Et La Belle au bois dormant se réveillera à son désir, *à elle*, pas à celui dans lequel la société veut la modeler pour faire plaisir au prince charmant.

Malgré tout ce que je venais de découvrir, j'ai tenu à aller jusqu'au bout de l'expérimentation. Et si malgré tous ces efforts ça ne marchait toujours pas, au moins je n'allais pas m'en vouloir à vie de ne pas avoir regardé la fable en face.

Après trois ou quatre vaines tentatives, j'ai entendu un bruit bizarre. La bougie que je tenais à la main semblait devenir quelqu'un. Elle s'est mise dans tous ses états et m'a crié dans l'oreille :

— Je suis une bougie, je te fais remarquer. Et, au cas où tu l'aurais oublié, une bougie c'est fait pour éclairer une pièce, pas un vagin en colère ! Réveille-toi enfin ! La lumière est en toi.

IX

La clé des champs

Un jour, par un pur hasard, lors d'une fête de mariage au village, j'ai entendu deux femmes chuchoter en marge des réjouissances.
L'une dit :
— Je ne sais pas ce qui arrive à ma fille. Elle est devenue bizarre. Depuis quelque temps, dès qu'elle sent l'odeur d'un homme, elle perd la tête. Elle devient folle !
L'autre :
— Quel âge elle a ?
— Douze ans et des poussières.
— Pourquoi tu ne lui fais pas ce que j'ai fait à ma fille ?
— Quoi ? Qu'est-ce que tu as fait à ta fille ? Dis-moi vite ! Que cela serve de leçon à la mienne !
— Je lui ai fait poser un cadenas[6] par une spécialiste, la matriarche de la région. On dit qu'elle opère à Bou Saâda. C'est là-bas qu'elle a perfectionné sa technique.

Un cadenas ? C'est ça ! Le cadenas ! On m'a mis le cadenas à mon insu ! Yéma, dis-moi, c'est donc de là que vient cette fermeture radicale de mon corps ? Dis-moi s'il te plaît, m'avez-vous fait ça, oui ou non ? As-tu participé à ce sinistre rituel ? Donne-moi la clé ! Que je puisse enfin ouvrir ma porte et entrer dans ma maison ! Je reste sur le seuil et ce sont les autres qui l'habitent. Où avez-vous caché la clé ?

Tu ne peux me répondre, je sais. Le bâillonnement vient de loin. Il a précédé ta génération et la génération d'avant.

J'ai passé la première partie de ma jeunesse à chercher la spécialiste en bâillons. Je me demandais avec angoisse *et si elle avait perdu la clé du cadenas ? Et si elle était atteinte de la maladie d'Alzheimer ? Si ça se trouve, elle n'est même plus de ce monde !*

Pendant ce temps, tous mes sens étaient en éveil. Et plus j'imaginais, plus mon désir augmentait. Mais dès que le moment du contact réel approchait, il n'y avait plus personne. Plus de son, plus de musique, mon corps se dé-robait en silence, ne restait plus que ma robe devant ma bouche bée.

Au plus profond de la nuit, le sexe de l'homme est soudain devenu une menace de destruction massive contre mon intégrité. Je me suis levée sans faire de bruit et suis allée me réfugier au fond du couloir, à l'autre bout de la pièce. Là, j'ai fait appel à toute mon énergie vitale pour ériger autour de moi un large périmètre de protection. Je me suis rhabillée à la quatrième vitesse et je me suis excusée auprès du gars. Puis j'ai croisé les doigts et les jambes et j'ai attendu, vaincue mais intacte la levée du jour qui n'en finissait pas de se faire désirer. Lui, frustré mais sans rancune, a vite oublié. Il a aussitôt plongé dans les bras de Morphée en me tenant la main toute la nuit, comme si j'étais sa petite sœur.

X

Le discernement

Pendant longtemps, j'ai souffert d'un manque de discernement. Je croyais qu'il suffisait de m'éloigner de l'Algérie pour que cesse la douleur. C'est ainsi que j'ai confondu le verbe quitter avec le verbe fuir.

Quitter, c'est pleurer un peu.

Fuir, c'est hurler beaucoup (en silence).

Chez moi, le désir et la peur occupaient la même place, deux pieds dans une même chaussure. Je croyais avoir effectué des milliers de kilomètres, en réalité j'ai juste fait le tour du pâté. Où que j'aille, le pays était en moi. Je ne marchais pas, je claudiquais.

J'étais enchaînée par un lien invisible qui me ramenait sans cesse au bercail.

J'ai coupé les ponts sans larguer les amarres.

Je n'ai jamais oublié la blessure liée à Nath Samar.

J'ai bien pris le bateau ce jour de novembre 1980, mon billet aller simple exhibé fièrement comme un étendard à la face de ceux et celles qui sont restés au bord du précipice. Partir, fuir, sauver ma peau. Ce n'était pas un départ. C'était un déchirement. Partir sans toi, malgré toi, contre toi yéma ? Pure illusion.

Vivre pendant que tu agonises ? Mais mourir avec toi, est-ce bien la solution ? Me sacrifier pour toi ne fera qu'allonger la liste des Sacrifié-es de tout genre.

À ce compte-là, tout le monde est perdant. La personne qui se sacrifie en voudra toujours à celle qui l'a obligée à se sacrifier pour elle. Et celle pour laquelle elle s'est sacrifiée vivra toujours dans la culpabilité de l'avoir contrainte à lui donner sa vie, qu'elle ne pourra pas vivre de toute façon, parce que ce n'est pas *sa* vie

Mes pieds avançaient résolument tandis que mon cœur s'accrochait à la balustrade du quai.

J'ai cru avoir accompli le Grand Voyage, mais je n'ai fait que déplacer ma douleur de Tizourine à Tizi-Ouzou, de Tizi-Ouzou à Ben Aknoun, de Ben Aknoun à Alger et d'Alger à Paris.

Il n'y a qu'à demander aux Algériens et Algériennes de la première, deuxième, troisième, quatrième génération… qui ont quitté le pays après l'indépendance, à tous ceux et celles qui ont vécu sur cette terre qui se transforme en boue dès les premières pluies. Elle s'accroche à vos talons et ne vous lâche plus. Dans la valise du départ (toujours précipité depuis 1962), il n'y a que des écorchures, des bleus à l'âme bien pliés entre le passeport, la fiche d'embarquement, les dattes de Biskra, la coca d'Alger et l'huile d'olive de Kabylie.

Pour les Pieds-noirs, c'est encore une autre histoire. Du jour au lendemain, quelqu'un s'est levé au milieu de la foule et il leur a dit :

— Ce pays n'est pas le vôtre. Votre pays c'est la France.

— Mais la France c'est aussi l'Algérie, non ?

— Et alors ?

— Alors quoi ?

— Quoi ? Qu'est-ce qu'y a ? Que voulez-vous donc enfin ? Pour nous aussi c'est un déchirement. Nous avons vécu ensemble pendant si longtemps. Forcément, ça crée des liens. Un lien est lien, même s'il est tendu, même s'il est tordu, même s'il ne va pas bien. Il vaut mieux un lien que rien. Avec quelques efforts et un peu de discernement, on peut faire de grandes choses avec rien. La réalité n'est pas ce qu'elle paraît. La nuit n'est pas l'obscurité, les pieds ne sont pas la terre et rien ce n'est pas rien.

— Alors ?

— Quoi alors ? Qu'est-ce que tu crois ? Vous croyez qu'on n'a pas vu votre douleur ? Tu crois que j'ai un cœur en pierre, c'est ça ?

— Non.

— Alors ?

— Ce n'est pas facile pour nous, tu sais. Loin de là. Ce n'est pas du gâteau.

— Vous croyez que c'est de gaité de cœur qu'on a vu s'éloigner votre bateau ? Nous aussi on veut partir à Marseille et à Paris ! Emmenez-nous !
Ne nous laissez pas seuls face à face avec nous-mêmes ! Vous êtes une porte ouverte sur ce qui n'est pas nous. Un pan de l'inconnu. Le goût de l'ailleurs.

Nous sommes votre horizon.

Vous ne pourrez plus faire un pas sans nous.

— Que s'est-il donc passé ? Quel affreux cauchemar ! Qu'est-ce qui a fait qu'on a perdu le Nord ?

— Et le Sud. Deux millions quatre cent mille kilomètres carrés, le plus grand pays d'Afrique. Malgré tout cet espace, ces étendues à perte de vue, il n'y avait de place pour personne.

C'était toi **ou** moi ! Nous avons oublié le **et** de la liaison, gommé les sept conjonctions de coordination. Et fait la guerre pendant sept ans, huit mois et quatre jours exactement.

— Ah, ça...

— Quoi, ça ? Sept ans de malheur pour avoir brisé le miroir au lieu de le regarder.

— Mais...

— Les huit mois et les quatre jours ne sont pas là par hasard non plus. Dans son versant négatif, le chiffre huit symbolise l'orgueil, l'intolérance, la domination...

— ?

— Et le côté sombre du chiffre quatre représente l'entêtement, la rigidité, l'intransigeance...

— Mais d'où tu sors tout ça, toi ? Dis donc !

— Quand les livres d'histoire ne racontent qu'une partie de l'histoire, celle qui arrange les gouvernants et biaise la mémoire ; quand la politique utilise l'Histoire et la géographie pour faire des affaires, il faut bien trouver d'autres repères pour comprendre un peu cette tragédie qui nous unit, non ?

— Tout de même, cette histoire de chiffres et de symboles !

— Votre esprit cartésien voit dans la numérologie une approche irrationnelle. Dis-moi, en quoi s'en aller faire la guerre chez les autres à deux mille kilomètres de Paris est-il rationnel ?

— C'est pas nous, c'est vous qui avez commencé.

— Voilà que ça recommence ! À quoi ça nous avance de savoir qui a le plus blessé l'autre ?

Ce qui est fait est fait. Le passé c'est le passé. Il faut bien tourner la page maintenant qu'on l'a ouverte et lue. On ne va pas non plus tourner en rond toute notre vie autour de ce qui a mal tourné entre nous. *Dacu teffezaḍ a ɛemmi ? Da lazuq n y-ilindi.*

— Ce qui veut dire ?

— C'est un dicton kabyle pour dire le rabâchage, le ronronnement, la répétition.

— Oui, mais ça veut dire quoi ?

« - Que mâches-tu mon oncle ? - Le chewing-gum de l'année dernière ». Mais, dis-moi, pourquoi tu ne comprends pas ma langue ? Comment ça se fait ? Vous avez passé plus de cent trente ans avec nous et vous n'avez pas appris le kabyle. Ni l'arabe d'ailleurs. Ni le chénoua de Tipaza, ni la tumzabt du M'zab, ni le tergui du Grand Sud, ni

le chaoui des Aurès, ni le korandjé de Béchar, ni le tasahlit de Blida, ni le... ?

— Oui bon, ça va, ça va.

— Aucune de ces langues ne t'a parlé ? Tu as préféré rester dans ton ghetto et te mettre sur ton 39, c'est ça ? Et l'intégration alors ? Ben oui, il faut s'intégrer mon vieux.

— D'abord ce n'est pas 39. On dit *se mettre sur son 31*.

— Qui *on* ? Moi je dis 39, le Trois-Neuf, la banlieue chic d'Alger, le versant du Neuf-Trois dont on entendra beaucoup parler dans quelques décennies.

— Tu cherches à me provoquer, c'est ça ? Me pourrir l'existence et me rendre responsable de tous tes malheurs, ça, c'est ta spécialité. Tu peux continuer à faire ta victime si tu veux, mais tu sais quoi ? Eh bien t'as qu'à te chercher un autre bourreau. Moi, c'est fini, j'ai déjà donné !

— Moi aussi !

— Si tu savais comme j'ai envie d'un peu d'air entre nous ! J'aimerais tant trouver un peu de paix en moi et cesser de m'accrocher à mes souvenirs. C'est douloureux de vivre dans le passé, tu sais. Il y a comme des points de suspension, une sorte de plaie invisible jamais cicatrisée. On dirait des points de suture dans ma mémoire. L'Algérie me hante. Je ne l'ai jamais quittée. Elle est toujours dans mon cœur.

— Je sais bien, ce n'est pas nous que vous aimez, c'est le pays. Mais on s'en fout. C'est pareil pour nous avec les Français. L'amour n'est pas obligatoire. C'est le respect qui compte. Si tu me respectes, je te respecte, si

tu ne me respectes pas je ne te respecte pas, voilà, c'est tout.

— Mais…

— Il n'y a pas de mais qui tienne. Assez parlé comme ça. Place aux actes !

— Alors ?

— Alors, ne m'oublie pas ! Dès que tu auras trouvé un bout de terre de France un peu clément, un peu accueillant où poser tes pieds, envoie-moi un bol d'air. Et surtout un visa !

XI

La paix rit du râle

On ne quitte pas l'Algérie. On ne quitte pas sa mère comme ça. Yéma, l'endroit d'où mon corps est sorti est à la fois le lieu du plaisir et de la douleur. Durant de longues décennies, j'ai confondu les deux sensations.
J'ai fini par aimer les doux leurres en croyant que c'était ça, le plaisir.

Je me suis mise à aimer les chats et les chiens et petit à petit j'ai détourné mon regard des humains avec leurs guerres incessantes, le recommencement sans fin de ce qui fait si mal à l'humanité.
La guerre la plus violente est celle qui se cache derrière les mots.
L'autre soir, j'ai suivi un débat sur la péridurale.
Les auditrices appelaient pour dire tout le bien et aussi tout le mal qu'en pensent celles qui la refusent. *« Moi, je suis fière d'avoir accouché à vif, sans anesthésie sans rien »* dit une participante.
Et les autres se sont tues immédiatement. Elles étaient comme tétanisées par l'intervention de leur semblable. La douleur a imposé le silence et l'auditoire en eut le souffle coupé.
Après un bref interlude musical, les ondes ont continué à distiller sournoisement les effluves de la culpabilité ordinaire. Elles laissaient entendre que les femmes qui accouchent sous péridurale

se rendent coupables de ne pas enfanter dans la douleur comme il est écrit dans la Genèse.

Mère, est-ce que tu peux m'expliquer pourquoi les femmes d'aujourd'hui célèbrent encore cette douleur ?

Est-ce vraiment la seule manière d'attirer l'empathie et un peu de tendresse ? Dois-je me résoudre à croire qu'une femme n'est pas digne d'amour, qu'elle ne peut être reconnue que dans la souffrance ?

Se faire arracher une dent sous anesthésie c'est bien, accoucher sans douleur c'est mal ?

Il me faut d'urgence me libérer de ce système de pensées qui perpé-tue plutôt que d'inventer. Il fait de la douleur un programme politique, un projet de vie et plombe la créativité.

Et pour m'affranchir de toi, ma mère, il me faut accoucher d'une autre moi-même.

Mettre au monde une nouvelle vision, un nouveau regard sur le corps féminin.

Pour l'avoir expérimenté, je sais que dans les situations de grande détresse, la douleur me procure la sensation d'être vivante. Elle n'est ni à gommer, ni à éviter, ni à glorifier. Elle est à vivre pleinement. Elle n'a d'autre but que de me faire accéder à la joie d'avancer chaque jour un peu plus vers mon humanité.

XII

Le point MF

Mon féminin et mon masculin ne pouvaient pas se sentir. Ils s'étripaient de l'intérieur. C'était à qui allait dégrader le plus l'autre, l'humilier, le nier, le blesser. Le rabaisser en public.

Ma peine pour ce *nous* qui se déchirait pour un oui et pour un non était incommensurable. Elle me plongeait dans un grand désespoir.

Je n'avais qu'une envie, rester chez moi et fermer la porte. *Chez moi ?*

Comment sortir de chez soi si on n'habite pas sa maison ?

Comment aller vers qui que ce soit si je n'ai pas fait un pas vers moi ?

Impossible d'entrer en amitié avec l'autre si on n'est pas ami avec soi-même.

J'étais fâchée avec moi, en détestation profonde de mon être. Que veut dire aimer quand on passe son temps à maudire le ciel, la terre et tous les astres ?

C'est la tendresse, la coexistence, le respect que je veux partager, pas le désastre !

J'étais le jouet d'un désir venu de je ne sais où. Un désir ou un ordre ?

Je me sentais tellement écrasée que j'ai fini par accepter d'être une mineure ravie de ne pas devenir majeure.

Qui désirait en moi ? Les voisins ? Toi, ma mère ?

Ceţi, grand-mère ? L'aïeule Aldjia ? Tante Jedjiga ou la matriarche de Bou Saâda ? Tout le monde, sauf moi !

Dès que je me suis retrouvée au lit avec celui que je croyais avoir choisi, toute la tribu a débarqué dans ma tête à l'improviste. Elle s'est incrustée sans permission ni carton d'invitation. Cette nuit-là je n'ai pas découvert l'amour. J'ai découvert qu'aucune parcelle de mon être ne m'appartenait.

J'étais ta propriété, ma mère, et toi la propriété de ta mère et ta mère celle de la tribu.

Le trajet est long, la route sinueuse, j'ai du pain sur la planche. Mais je le ferai, le chemin.

Ma joie c'est d'avoir faim.

Je ne veux plus me rassasier d'amertume.

Il me reste à faire le tri. Qu'est-ce qui est de moi, qu'est-ce qui est à toi ? Rendre à César ce qui appartient à César et à ma mère ce qui appartient à ma mère.

Mes yeux contiennent tout l'univers et pourtant je reste cantonnée dans ce périmètre étriqué que la tribu a bien voulu me concéder.

Si, de là où je suis je peux contempler la lune et les étoiles à l'infini, pourquoi croire que quelqu'un a le pouvoir de m'enfermer dans un corps fini ? La liberté se trouve au même endroit que l'enfermement.

Le choix m'appartient. C'est à moi de décider de me fermer ou de m'ouvrir à la Nouvelle Ère, cet état où l'Être ne se laisse emprisonner ni dans l'être, ni dans le paraître ni dans l'avoir ni dans le corps ni dans l'esprit.

L'habit ne fait pas le moine, la jupe ne fait pas la femme, le pantalon l'homme et l'hirondelle le printemps.

Choisir l'amour, c'est choisir de se mettre au travail et commencer à délier les liens qui enchaînent.

Se défaire des définitions, des injonctions et des conditionnements de tout genre, supérieur et inférieur, pour atteindre enfin le point MF, Masculin et Féminin unifiés de l'intérieur.

XIII

N'oublie pas de respirer

Le serpent a craché son venin. La matriarche a posé son cadenas. Me voici errant dans le système limbique, siège de la peur et du plaisir, à la recherche d'un antidote pour empêcher le poison d'atteindre le système nerveux sympathique. C'est là où le cœur habite.

Le cœur ! S'il se dessèche, c'est la fin des haricots. À quoi sert de vivre si le cœur n'y est pas ?

Le poison a déjà causé pas mal de dégâts.

Il a altéré ma pensée et brouillé ma vision.

Mais il est encore temps de sauver le peu d'humanité qui crie en moi.

Un seul gramme d'amour et tout devient possible. Cette poussière d'étoiles a le pouvoir de défaire les nœuds qui enserrent mon être. De couper les liens oppressants qui ont pris possession de mon âme, bien avant ma naissance.

Un héritage de longue date.

Ce gramme-là contient tous les trésors du monde. Il abat les murs, fait sauter les verrous et ouvre toutes les portes.

Il mène très loin et indique la limite à ne pas dépasser, la ligne de démarcation entre ce qui est et ce que j'imagine. Entre ton espace vital et le mien.

Il me fait voir, de près, le pas fatidique qui fait franchir la porte de l'enfer nommé passion et me laisse mon libre arbitre.

Quand la passion mène la danse, c'est l'euphorie. Voyage intergalactique, vol plané au-dessus des nuages, l'âme en transe tout près des étoiles. C'est l'extase en permanence.
Toi et moi, nous ne faisons qu'un et le monde n'a qu'à aller se faire voir ailleurs.
Puis, quand la flamme s'éteint, le globe terrestre se met à tourner à l'envers. C'est le tourbillon dans le sens contraire.
La chute sans parachute.
La valse à trois temps se transforme en boxe muay-thaï en un quart de tour.
Commence alors le cycle infernal du chacun et chacune pour soi. Place à la bataille rangée entre les égos livrés à mort à eux-mêmes.

Moi, mon chiffre préféré c'est le trois.
Pas le un. Avec lui il n'y a pas de place pour deux. Tôt ou tard, l'unité devient unicité et c'est le début de la dictature.
Pas le deux non plus. Avec celui-là, c'est l'un dans l'autre en permanence, ou l'un contre l'autre (ce qui revient au même).
Toi et moi **et** la respiration, voilà le trio auquel j'aspire.

Le premier nombre c'est trois.

Chaque matin, dès que je me lève, qu'il vente ou qu'il pleuve, j'ouvre la fenêtre de ma chambre et je me dis, quoi qu'il arrive aujourd'hui, s'il te plaît, n'oublie pas de respirer.

S'il n'y a pas une virgule, un point d'exclamation, de suspension ou d'interrogation... enfin une ponctuation, s'il n'y a pas un minimum d'espace entre nous, c'est la confusion qui s'installe.

La folie me guette à tout instant et je ne peux m'ouvrir, à personne, pas même à moi.

Comme tu vois, je suis loin du compte.

Me voici tout entière engluée dans un magma imaginaire.

Prise en tenailles entre ce que je veux et ce que tu ne veux pas.

J'avance d'un pas et recule de deux.

Mais toi, mon cher psy, je sais que tu m'entends.

Au secours, j'étouffe ! Je manque d'air !

Aide-moi à sortir de ce pétrin millénaire !

Fais-moi voir le jour.

Montre-moi la face de l'Autre !

Fais-moi traverser le miroir.

XIV

Le sac à main

J'ai cherché partout. Dans les livres, sur le visage des sages du village, des chamans de l'Inde, de Singapour et de Rio, chez les griots africains et sur les lignes de ma main. Puis un jour, je suis allée voir une voyante et elle m'a dit :

— Ma boule de cristal me signale que tu cherches quelque chose. C'est bien ça ?

— Exact.

— Ha ha ha, je le savais.

— Si je puis me permettre, vous savez quoi exactement madame ?

— Que tu cherches une clé, pardi !

— Comment avez-vous deviné ?

— À la manière dont tu tiens ton sac à main.

— Mon sac à main ? Quel sac ? Mais je n'en ai pas ! Je n'en ai jamais eu.

— Une jeune fille, ça a toujours un sac, voyons.

— Pas moi, je vous jure ! Je n'ai jamais assez d'argent pour m'en acheter.

— Hum, hum. Tu es sûre de ça ? Est-ce bien là la vraie raison ?

— On ne peut rien vous cacher. En fait, je trouve ça encombrant, un sac. Faire porter tout le poids des péchés du monde sur une seule épaule !

Et pour être sûre qu'elle a bien compris, je me suis levée, je lui ai montré mes mains, mon dos et mes épaules.

— Regardez, vous voyez, je n'ai rien sur moi. Aucun sac à l'horizon.

— Il est bien là ton problème. Tu cherches toujours ailleurs alors que la clé est en toi.

Ces derniers mots de la voyante m'ont hantée pendant de longues années. De quel sac parlait-elle bon sang de bonsoir ? Voyait-elle quelque chose de réel ou d'imaginaire ?

Et toi yéma, qu'en dis-tu ?

Je sais, comme toutes les femmes du village, tu n'as jamais eu de sac. Vous n'aviez pas la tête à ça. Un sac à main ! le dernier de vos soucis. Durant votre passage sur Terre, vous n'aviez droit qu'à deux sorties. La première pour aller vers un mari non désiré et la deuxième pour prendre la direction du cimetière.

Mais est-ce une raison pour se taire ?

Qu'est-ce qui t'empêche de t'ouvrir à moi et de vider ton sac, ma mère ?

Je suis ta fille, ta semblable !

En te parlant, soudain, tout me paraît clair.

Ça y est, j'ai trouvé ! La voyante avait raison.

Je cherche dehors ce qui est dedans !

Si je n'ai pas de sac à main, c'est pour faire comme toi. Pour te ressembler et te rester fidèle !

Regarde comme je suis gentille et aimable. Je souris béatement comme si j'étais l'ange gardien de l'ordre moral. Mais si j'étais un vrai ange, crois-moi, je me garderais bien de m'aventurer dans ce monde. Encore moins de m'approcher de l'espèce humaine qui se plaît à reproduire à l'infini des règles qui dérèglent. Des lois, des décrets et des édits qui laminent, discriminent, causent tant de chagrins et font pencher la balance toujours du même côté.

Être ce que tu n'es pas, avoir ce que tu n'as pas me rend si coupable !

Si on ne le regarde pas avec tendresse, le passé s'étale et prend toute la place. Il déborde sur le futur simple et le rend si compliqué.

Ce que j'aime par-dessus tout, c'est conjuguer le verbe être au présent.

Qu'ai-je à faire d'avoir quoi que ce soit quand mon âme cherche à se dépouiller de tous ces poids pesants qui l'empêchent d'entrer dans sa maison ?

La guerre est sur tous les fronts. Jusque dans l'orthographe, la grammaire, les accords et les terminaisons.

À l'école, on écrit : *mille femmes et un petit garçon sont assis (et non assises) sur des charbons ardents.* Pourquoi mettre le garçon sur le gril ? Pourquoi le charger d'une telle mission ? Que va-t-il se passer pour lui s'il flanche, s'il n'arrive pas à combler l'incomblable attente ?

Quelle terrible punition l'attend au tournant s'il ne tient pas La Promesse !

Bien que ce soit une assemblée féminine, la présence du petit garçon parmi elles fait la règle (la loi ?) dans les manuels scolaires. Un contre mille ! Et c'est le masculin qui l'emporte.

Il emporte quoi exactement ? et où ?

Depuis des millénaires, le centre de la Terre penche d'un seul côté. Voilà pourquoi le monde est désaxé.

L'être est supposé être du côté féminin et l'avoir du côté masculin.

Comme si on pouvait être sans avoir une assise. Comme si on pouvait avoir sans perdre quelque chose.

Yéma, je connais maintenant l'origine de mes déboires avec l'argent.

Je ne te l'ai pas encore dit, mais sache-le aujourd'hui, je vis à découvert, à tombeau ouvert. L'argent me brûle les doigts, impossible de mettre un sou de côté pour voir venir. Impossible de me projeter dans la minute d'après.

Je subis de plein fouet la foudre, l'averse et la canicule. Mon parapluie de chez Tati se détraque au moindre coup de vent. Mon porte-monnaie est troué et mon compte bancaire est un sac sans fonds.

J'ai changé de bord, de métiers et de banques mille fois. J'ai cherché mon axe à l'éxtérieur en oubliant l'essentiel : l'utérus ! Ce lieu encore suspecté de sorcellerie et de cachoteries de tout genre.

Toutes des salopes avec leurs trompes de Fallope ! voilà ce qu'on apprend aux petites filles et aux petits garçons dans toutes les écoles du Monde.

Comme est étroit l'espace entre la maman et la putain !

Comme il est difficile au féminin de prendre place entre toi et moi !

Séance après séance, pelure après pelure, de fil en aiguille j'ai fini par trouver mon port d'attache.

Le point A, le point d'Ancrage.

Oui ! L'utérus est mon axe, point d'appui et de départ.

Mon gouvernail. Peu m'importe qu'on me taxe d'hystérique, de maléfique, de bénéfique, de chimérique ou de magnifique.

C'est là une vue de l'esprit qui réduit tout ce qui lui échappe, qui sélectionne, classifie et définit ce qui est bien et ce qui est mal pour sa pomme, pour servir ses intérêts et garder le pouvoir ad vitam aeternam.

Quand je me connecte à ce divin sac, en chair et en sang, en vers et en prose, en pensées et en actes, je peux enfin lever l'ancre.

La haute mer ne me fait plus peur.

Je ne crains ni les requins ni les vents contraires.

Ce qui me paraissait un danger mortel est en réalité un appel de la vie à traverser les apparences.

L'adversité me renforce. Elle me pousse à puiser dans mes ressources ignorées. À développer mes énergies réprimées depuis la nuit des temps.
Mais ton silence me pèse.
Il m'empêche de prendre mon envol.
Parle-moi ma mère, dis-moi quelque chose.

XV

Couper le cordon et garder le lien

J'ai commencé à écrire ces pages exactement l'année où j'ai atteint l'âge de ma mère quand elle a quitté cette Terre.

Un jour, vers les coups de minuit par-là, alors que je dormais à poings fermés, un bruit de pas sur le parquet m'a arrachée à mon sommeil.

C'était pourtant une rumeur subtile, à peine audible, une présence délicate flottant dans l'atmosphère. Non, ce n'était pas un fantôme. Les fantômes vivent en état d'urgence et font beaucoup de bruit.

Ce soir, il se passe autre chose. Cette présence dans ma chambre ne ressemble en rien à ce que j'ai connu jusque-là dans mon existence. C'est la première fois que ça arrive. On aurait dit quelqu'un de familier qui avançait sur la pointe des pieds pour ne pas m'effrayer.

J'ai allumé ma lampe de chevet, couru vers le couloir et cherché derrière la porte.

Rien, personne, le bruit s'est tu.

Tiziri-Altaïr, mon amour de chat de gouttière dormait paisiblement sur le sofa. On entendait à peine le silence de la nuit et le brouhaha diffus dans la ville en toile de fond.

Je me suis remise au lit, rassurée.

Mais dès que j'ai éteint la lumière, le bruit des pas s'est rapproché. De nouveau je me suis levée, de nouveau le calme plat.

Cette fois-ci, pas question de me rendormir.

Je me suis mise debout au milieu de la pièce, pieds nus sur le carrelage froid, tête haute, bras croisés, fermement décidée à faire face à ce visiteur étrange au cœur de ma nuit.

Je suis restée dans cette position un long moment, puis un lourd sommeil s'est abattu sur ma tête et je me suis laissée tomber sur le lit. C'est alors que j'ai senti le souffle de quelqu'un me chuchoter dans l'oreille :

— N'aie pas peur, c'est moi, ta mère.

— Ma mère ?

— Éteins la lampe s'il te plaît. Pas besoin de lumière artificielle pour que je voie et reconnaisse le verbe qui s'est fait chair en moi.

— C'est toi ma mère ? Mais d'où tu me parles comme ça ? Où es-tu ? J'entends ta voix, oui, c'est bien la tienne. Comme elle est douce ! D'où me vient cette brise légère, cette caresse exquise ? Faut-il donc que tu sois loin de moi pour que je me sente proche de toi ?

— Ma fille.

— Cette tendresse, ma mère ! Je ne l'ai jamais connue de ton vivant. Mon être vient de s'unir à l'Univers. Je suis une étoile filante et une graine au plus profond de la terre. Tout est unifié, il n'y a plus de cassure !

— *Yéli tamaazuzt*, ma fille chérie. Si tu savais comme je suis heureuse d'avoir enfin réussi à prendre contact avec toi ! Ça fait des années-lumière que je te cherche en moi. Tu n'as pas lâché l'affaire, tu as toujours cru que j'étais encore vivante. Pour les autres, je suis morte et enterrée. Ils ne savent pas que la fin du corps n'est pas la fin de l'âme.

— Yéma azizène !

— Tu n'as cessé de me chercher en toute femme. Tu ne me voyais pas, mais j'étais allongée tout près de toi à chacune de tes séances. Tu ne parlais que de moi sur le divan de ton psy !

— Ma mère !

— Il entend au-delà du bruit, par-delà les cris et les larmes. Et cette douceur dans sa voix ! Ses gestes, sa démarche, tout son être est à l'écoute.

— Yéma, dis-moi, tu ne serais pas un peu amoureuse de lui par hasard ?

— Si. Mais d'un amour qui n'a rien à voir avec le corps et le cœur. C'est au-delà des mots, plus loin, en dehors. C'est encore un sentiment tout nouveau pour moi, je ne peux pas le décrire.

— Je vois ce que tu veux dire.

— En vous fréquentant tous les deux, j'ai vu que ton psychanalyste est la personne la plus proche de toi. En même temps, tu n'as d'autre lien avec lui que celui d'ouvrir ensemble la porte de la chambre noire pour mettre un peu d'air et de lumière là-dedans.

— Mère, tu occupais une place centrale dans cette chambre effrayante.

— Je sais. Mais, entre nous, ça t'arrangeait bien que je reste dans l'ombre. Tu m'as utilisée comme un épouvantail pour te faire peur et me rendre responsable de tous tes déboires. Vrai ou pas ?

— C'est vrai. Je n'étais pas prête pour être heureuse, voilà pourquoi j'avais besoin de m'accrocher à ta *djebba* et tes jupons tout en t'accusant de m'empêcher de partir.

— En t'écoutant, ton psy m'écoutait aussi. Sa délicatesse m'a tirée du coma prolongé dans lequel j'étais plongée. Sa tendresse m'a délivrée de ma violence. Il est là de tout le poids de ses compétences professionnelles, mais sa présence est aussi légère qu'une plume d'hirondelle. Il parle peu, mais dès qu'il dit un mot, un pan du mur s'effondre. Ses paroles séparent mais ne divisent pas. Elles éveillent sans imposer une voie. En te faisant parler, il m'a sortie de mon silence de mort.

— Je vois que tu le connais par cœur. Mais c'est mon psy, pas le tien, je te signale.

— Quand vas-tu arrêter tes enfantillages ? Que veut dire le tien, le mien en pareille circonstance ? Ne vois-tu donc pas que la rivale est morte et qu'est née ta mère ?

— Yéma !

— Fais-moi enfin confiance. Regarde, nous sommes maintenant toutes les deux au-dessus du niveau de la mer Méditerranée[*]. Je te parle au second degré, écoute-moi avec l'oreille interne.

— Excuse-moi, c'est plus fort que moi. Dès que je suis en face de toi, je redeviens une petite fille sans défense.

— Mais tu es une femme maintenant. Ne crains plus de retomber en enfance. Ne doute plus, tu peux !

—Yes, I can ! Yes I can ! Yes I can !

— Quoi ? Tu parles en anglais à ta Kabyle de mère maintenant ? Heureusement, au pays d'où je viens on parle toutes les langues. C'est la tour de Babel-Oued.

— Yéma, je crois que tu confonds, là.

— Mais non, c'est ici que tout est séparé, bien plié et bien rangé dans des cases. Là-bas, tout est fluide, pas de frontières qui cloisonnent, il n'y a que des seuils qui ouvrent sur des portes qui donnent sur l'infini.

— Alors, comment tu trouves notre psy ?

— Quel bel homme ! Au début, je lui en voulais à mort. Je me méfiais de lui comme de la peste. Qui est cet intrus qui chuchote à l'oreille de ma fille ? Je faisais tout pour brouiller les pistes. Je lui en ai donné du fil à retordre à celui-là.

— C'est le moins qu'on puisse dire.

---

[*] Inspiré du slogan féministe des années 70 : « La femme est au-dessus du niveau de la mère ».

— Je lui ai barré le chemin qui le faisait remonter jusqu'à moi mais il a tenu bon. Alors, j'ai eu confiance et j'ai lâché prise.

— Ma mère.

— Il fallait un tiers entre nous. Sur le divan, c'était la parole.

— Tu étais si proche et moi si loin de toi ! Je t'ai jugée et condamnée sans te connaître.

— Pas de regrets ! N'aie aucun remords. Ta colère contre moi était fondée et juste. Comme la mienne contre ma mère et la sienne contre sa tribu. Quitte la matrice, vite, si tu ne veux pas finir desséchée et amère.

— Je ne vais pas me le faire dire deux fois. J'ai déjà entamé le chemin.

— Il n'y a pas que toi, ma fille, qui manquais d'air. Moi aussi j'étouffais dans ce lien étroit qui me fusionnait à toi.

— Et tu n'as rien dit tout ce temps !

— Les enfants croient qu'ils sont les seuls, les égoïstes, à vouloir se libérer de leurs parents. Toi, tes frères et tes sœurs, vous étiez un obstacle sur mon chemin. Un boulet à ma cheville. Je vous transbahutais comme des casseroles.

— Moi, une casserole ?

— Décolle un peu de ce que tu crois et écoute-moi enfin. Tu n'as cessé de me questionner et maintenant que je te parle, voilà que tu n'entends que ta voix.

— Mère, je n'ai pas encore totalement guéri de ton mutisme.

Le visage de yéma s'est assombri. Un nuage gris s'est propagé dans son regard. Elle était dans l'état de quelqu'un qui cherche à gommer un souvenir pénible.

— Je m'en voulais terriblement de m'être si longtemps absentée de moi. Je me suis laissée faire comme une pâte à modeler.

— Tu as fait ce que tu as pu. Je n'ai cessé d'admirer ton courage devant tant d'hostilités. Tu étais dans une impasse. C'était tellement compliqué ! Tout était fermé devant toi, les portes, les fenêtres, l'horizon. Mais, malgré la prison où elle croupissait vivante, la femme en toi n'a jamais abdiqué. C'est toi qui m'as donné la force de continuer le chemin.

— Et pourtant j'étais bien cabossée à l'intérieur, crois-moi. J'étais encore une gamine quand j'ai mis au monde mon premier enfant.

— Je reconnais bien ta voix, mais, en même temps, elle est une autre. Elle n'a pas d'âge. Elle n'est ni folle ni sage. Elle est d'ici et d'ailleurs, d'en haut et d'en bas. Elle n'est d'aucun genre.

— Ma fille, prunelle de mes yeux, si tu savais tous les chemins que j'ai pris pour arriver jusqu'à toi !

— Je croyais que j'étais une casserole ?

— Une partie de moi voulait te faire disparaître de la surface de la Terre, c'est vrai. Je ne voulais pas d'une autre moi-même. Je n'avais aucune envie de voir en face-à-face l'horreur d'être une femme de cette époque-là au village. Non, je ne voulais pas que tu subisses comme moi ce rouleau compresseur qui m'a vidée de mon énergie vitale et brisé l'échine. Ça m'a coupée de ma puissance féminine.

— Ma mère.

— Mais l'autre partie de moi t'aimait par-dessus tout. J'ai brûlé les feux rouges, je suis montée sur les toits, j'ai abattu les clôtures et cassé tous les codes pour te trouver.

— Ma mère !

— Je te parlais tout le temps, mais tu ne m'entendais pas. Ta colère était trop grande. Si tu savais ma peine de n'avoir pu te consoler quand tu pleurais toute seule dans ton coin !

— Le passé, c'est le passé. Pas de regrets. L'amertume altère la vésicule biliaire disent les guérisseuses du village des Aït Halou.

— J'étais si blessée ! J'attendais que tu me prennes dans tes bras et que tu me consoles. Que tu me dises quelques mots doux. Une seule parole aurait suffi pour que je me sente digne d'être aimée et de faire partie du monde des vivants.

— Moi, te consoler ? Mais, ma parole, c'est le monde à l'envers ! Qu'est-ce qu'on ne peut pas entendre de nos jours ! Voilà que ce se sont les petits qui doivent s'occuper des grands !

Altaïr s'est mis à faire des allers-retours agités entre yéma et moi. Il allait vers elle et revenait vers moi sans pouvoir se poser. Il avait l'air un peu perdu, comme s'il ne savait plus qui était la mère et qui était la fille.

— La petite fille avait tant de peine à grandir. Elle ramait dans la boue. On m'a barré la route le jour de ma naissance. On m'a mis des barbelés aux chevilles et une voilette sur la bouche. Mais ce n'est pas parce qu'on m'a coupé la parole que j'ai cessé d'aimer.

— Ma mère !

— Sans ce gramme d'amour qui a tenu à vivre en moi malgré les coups et les blessures, malgré le manque d'air et le manque d'espace intérieur, je t'aurais tuée, toi, tes frères, tes sœurs et tous les habitants de la Terre !

— Confidence pour confidence, moi aussi je voulais en finir avec toi une fois pour toutes. Chaque jour je me disais mais enfin quand est-ce qu'elle va mourir celle-là pour que je vive enfin ? Quand va-t-elle s'éteindre pour que je voie la lumière ? Certes, je suis issue de sa chair. Mais je ne suis pas **sa** chair !

La chair de ma chair, voilà qu'on entend encore cette vieille rengaine sur tous les tons et tous les continents. À quoi servent la connaissance et le savoir si ce n'est pour mettre un espace, une respiration entre l'Être et la Nature ?

— Yéli, pardonne-moi de t'avoir prise en otage. Je ne voulais pas me retrouver seule dans ma prison. Je me suis accrochée à toi qui étais un peu à l'air libre comme à une bouée de sauvetage. Qui peut supporter d'être enterré vivant, dis-moi ?

Tiziri s'est levé d'un coup, et, avec une grande délicatesse, il s'est assis sur ses pattes arrière juste en face de ma mère. Il la regardait intensément, sans la lâcher des yeux une seconde, comme il le fait avec moi quand il sent que je suis dans l'urgence vitale d'être consolée. Puis, dans un miaulement mi-animal mi-humain que seules les personnes qui fréquentent les chats connaissent, il lui dit sur un ton d'une douceur infinie : arrête de culpabiliser s'il te plaît. Tu ne crois pas que tu as déjà trop payé comme ça ?

— Yéma, je trimballe en tout lieu des barreaux invisibles. C'est moi qui porte les clefs de ma geôle.
— Je sais yéli.

— J'ai commencé à me sentir libre quand j'ai arrêté de chercher la liberté. Maintenant je cherche à rencontrer les parts meurtries en moi pour les libérer de leur souffrance. Il n'y a pas si longtemps encore, je me disais à ton sujet : je ne suis pas son objet, ni sa chose ni sa poupée. Le lien avec la mère n'est pas une affaire de sous et de dessous - *je te donne la vie, tu me rends la monnaie*. On n'est pas à la banque ! La vie n'est ni cher ni pas cher. Elle n'a pas de prix. Elle n'appartient à personne. C'est nous qui lui appartenons. Je ne t'appartiens pas ! Je viens de la vie.

— Ma fille !

— Oui ma mère, ce n'est pas l'envie de te tuer qui me manquait. C'est la peur de la sentence.

— Les pensées sont parfois plus meurtrières que les mots.

— Je t'ai haïe en pensées, en actes et en paroles.

— Je sais. J'ai connu ça aussi avec ma mère. J'étais sous l'effet d'une sorte de potion vaporeuse, un mélange d'amour-haine, envie-dégoût, attirance-répulsion, le tout baignant dans la peur, le remords et la culpabilité. C'est insupportable.

— C'est de ça que j'ai hérité.

— L'idée que ma mère était *aussi* une femme ne m'a jamais effleurée, jamais. Pour moi, c'était ma mère et elle se devait d'être mère un point c'est tout. Une mère disponible 24/24, une sainte, une déesse, quelque chose de ce genre. Si tu savais comme je m'en veux de lui avoir dénié toute forme d'humanité !

— Ma mère ! Quel lourd fardeau sur les épaules des femmes des générations passées ! Quelle cruelle solitude ! Il était temps qu'on se dise tout ça. Il vaut mieux crever l'abcès, sinon il continuera à prospérer sur le dos de ma génération et déborder sur la prochaine.

— Je comprends ton dépit. Je t'ai mise au monde alors que je n'étais pas encore née. Maintenant, il t'appartient de te donner la vie que tu veux vivre. Je ne te dois rien, tu ne me dois rien. Je ne suis pas ta comptable attitrée.

— Mais pour ça, il aurait fallu...

— Bannis de ta bouche *il faut, il ne faut pas, j'aurai dû, je n'aurai pas dû*. Ce qui est fait est fait. C'est dans ce qui reste que tout est à faire. C'est là que tu peux agir.

— Il m'arrive de passer des jours et des jours sans rien faire. Quelle joie que de sentir se mouvoir le verbe être sur ma peau ! Je joue avec moi-même au chat et la souris sans me donner des coups de griffes saignants comme je faisais autrefois. La psychanalyse m'a libérée de mes terreurs et Tiziri-Altaïr m'a appris à voir au-delà du visible. Je joue aux mots croisés pour cesser de croiser le fer avec les hommes. Je ne les vois plus en ennemis à abattre.

Je ne dis jamais *j'aime **les** femmes*. Ce sont les machos qui disent ça. Aimer *toutes* les femmes revient à n'en aimer aucune.

Dès qu'il a entendu cette phrase, le chat s'est fièrement blotti sur ma poitrine en se frottant la moustache. Yéma m'a fait un sourire radieux et m'a regardée avec une infinie bonté.

— Ce que tu fais, fais-le avec amour sinon ne le fais pas. À chaque jour suffit sa peine, pas la peine d'en rajouter. Ne prononce aucune parole issue de la culpabilité. La culpabilité est un poison qui tue à petit feu. N'accepte pas le geste qu'on fait pour toi par devoir, par pitié, par honte ou par peur. Tôt ou tard tu le paieras très cher et tu le feras payer à ton tour.

— Ah, si tu m'avais dit ça jadis !

— Laisse passer le passé. N'entrave pas son retrait. Ne permets pas au remords de ronger ton cœur.

Tes soucis cardiaques ne datent pas d'aujourd'hui. Ils viennent de la pression que tu te mettais pour te conformer à ce qu'on attendait de toi.

— Ma mère.

— Le temps de vivre est venu pour toi. N'attends de moi ni permission ni autorisation. Surtout pas que j'approuve tes choix. Fais ce que tu as à faire sans attendre quoi que ce soit. La seule reconnaissance qui tienne, c'est celle que tu obtiens de toi. Le destin de l'enfant est de s'affranchir de sa mère et de son père.

— Vava ! Vava azizène ! Parle-moi de mon père s'il te plaît. Je ne connais de lui que sa colère et son absence. Plus il s'absente, plus il m'occupe et me hante !

— Si tu savais sa souffrance cachée ! Je suis la seule à l'avoir vu pleurer.

— Mon père pleurer ? Jamais ! Les hommes n'ont pas de cœur, voyons, c'est bien connu. Ils n'ont pas de glandes lacrymales. C'est génétique, c'est prouvé, ce n'est pas dans leur ADN.

Yéma a plongé son regard sur Altaïr qui ronronnait et faisait vibrer ses moustaches dans un mouvement bizarre. Il levait la tête, me regardait, remuait les oreilles, écarquillait les yeux, fermait un œil et ouvrait l'autre. Quand il fait ça, je dois comprendre qu'il ne partage pas mon avis.

— Méfie-toi des idées toutes faites et des croyances. Elles visent à t'empêcher de penser par toi-même, à te pousser à renoncer à ton pouvoir. Détourne ton regard de ce qu'on te montre du doigt. Ferme les yeux et regarde avec tendresse la bête traquée qui hurle en toi. Elle n'attend qu'un mot pour se reconnaître et retrouver son visage humain.

Changer son regard, c'est le seul pouvoir qu'on a. Le changement qui vient du dehors ne dure que le temps d'une saison. Une élection pousse l'autre, une mode chasse la suivante. Rien de nouveau dans le théâtre des apparences.

— Mais quand on est petit, on croit sur parole tout ce que les grands nous disent.

— Hélas.

— Veux-tu savoir ce qu'on m'a appris à l'école, ma mère ?

— Dis-moi.

— Toi, mets ta robe rose, mange des bonbons et tais-toi ! C'est comme ça que tu deviendras une femme, ma fille. Et toi mon garçon, si quelqu'un te casse ton crayon bleu, surtout ne pleure pas. Sois dur et tais-toi ! C'est comme ça que tu deviendras un homme, mon fils.

— Ma fille ! C'est ça qu'on t'a appris à l'école ?

— Oui, je te jure.

— *Aya bouh a lawliyat !* Quel malheur ! Quel sort cruel que celui de l'Humanité !

— On m'a appris ça et bien d'autres *hum hum* encore, si tu vois ce que je veux dire.

— Bien sûr que je vois. Je ne suis pas allée à l'école, mais je comprends tout, d'une autre manière. Les mots sont des portes. Ils ont le pouvoir d'ouvrir et de fermer. Ils tuent et ils donnent vie. Analphabète ! Qui a inventé ce mot affreux ? Je ne dirais même pas de lui qu'il est bête comme ses pieds. Il ne sait pas, le pauvre, que l'Univers se reflète sous la plante des pieds. C'est là que logent nos organes vitaux. Le cerveau se trouve sur le gros orteil et le cœur est à égale distance entre les yeux et le colon.

— Yéma, je ne savais pas que tu t'intéressais à la médecine chinoise.

— Pourquoi pas ? Toi aussi tu crois que les gens qui n'ont pas été à l'école sont bêtes ?

— C'est ce qu'on m'a appris à l'école, ma mère.

— Nous, on a un autre savoir. Nous ne confondons pas l'intelligence avec la conscience. Nous savons, par intuition, que la conscience ne se laisse pas enfermer dans l'intelligence d'une boite crânienne. Elle a besoin d'un espace illimité pour se déployer. Elle flotte au-dessus de la tête. Elle est libre comme le vent. Elle va où bon lui semble. Elle peut atteindre les plus hauts sommets en une seconde. Elle passe de Mars à Jupiter sans escale. Et surtout, elle sait se faire toute petite et entrer dans chaque cellule de qui cherche l'Éveil.

— C'est vrai, il faut vraiment avoir les idées tordues pour mettre dans un seul mot autant de mépris.

— C'est à cause de tels concepts que notre champ de vision s'est rétréci. On a confisqué les vastes pâturages et on en a fait des maisons de correction pour les « bêtes ». On y torture en toute légalité pour arracher à l'être animal le mot qui manque à l'être humain. Notre cruauté envers lui est le reflet de notre être meurtri. L'abattoir des temps modernes, c'est le Golgotha, le lieu de la crucifixion de l'Humanité.

— Ma mère.

— Ma fille, les humains ont si peur de la vie. Et, au lieu d'accueillir cette peur, ils ont préféré couper la poire en deux. Ils ont mis les émotions du côté féminin et l'action du côté masculin. Ils ont construit des remparts, des tours d'ivoire et des ponts-levis. En se coupant de leur côté gauche, les hommes croyaient qu'ils allaient définitivement échapper à leurs larmes.

Les femmes, passées maîtresses dans l'art de la survie ont vite saisi l'occasion. Elles ont fait de leurs pleurs un atout, une arme pour arrondir les angles et faire fondre l'acier.

— Je ne veux rien entendre de tout ça. Je ne veux pas croire que mon père est une femmelette qui pleure en cachette !

— Je reconnais ta peine, mais c'est ainsi. Veux-tu que je continue ou bien que je me taise ?

— Tu l'as vu pleurer de tes propres yeux ou c'est quelqu'un qui lui en voulait qui t'a raconté ces fadaises ?

— Attends, tu as bien dit femmelette ou j'ai rêvé ? Voilà que je découvre ma fille bien formatée ! Moi qui croyais que les femmes d'aujourd'hui étaient plus futées ! Les larmes, ce sont des larmes, pas de quoi en faire une pâtée. Le sens de l'évolution est d'aller de l'avant, avec des allers-retours vers le passé pour l'interroger, pas pour y rester et s'y accrocher comme une moule sur un rocher.

Au mot moule, Altaïr a fait un bond d'un mètre. Il raffole de tous les fruits de mer, coquillages et crustacés.

— Je sais, yéma, il y a encore en moi tant de nœuds à défaire. Mon être figé dans sa blessure ne demande qu'à s'épanouir. Mais il devient de plus en plus souple à mesure que je le pétris avec des mots sur le divan, des silences, l'écriture, la marche, la méditation et bien sûr les discussions houleuses avec les proches.

Altaïr s'est mis à miauler nerveusement en me regardant d'un air inquiet. Comme s'il voulait me signifier que j'avais oublié de dire quelque chose.

— Le contact avec les chats me relie à la quatrième dimension et le plein air me fait sentir vivante.

Cette dernière phrase a plongé yéma dans un accablement sans nom. Son visage rayonnant dans la nuit s'est soudain éteint. À cet instant précis, elle avait le visage que je lui connaissais à ses moments de détresse. Et ces moments n'étaient pas exceptionnels. C'était son quotidien.

En parlant de plein air, je me suis rappelé que yéma a passé toute sa vie entre quatre murs. Une immense tristesse mêlée de colère m'a envahie. Soudain une évidence m'a sauté aux yeux : bien que libre de tous mes mouvements dans une ville comme Paris, en réalité j'ai vécu longtemps enfermée dans mon studio. Les seules sorties que je m'autorisais, c'était mes deux rendez-vous hebdomadaires avec mon psy.

Finalement, même si la forme a changé, le fond est resté le même. J'ai vécu comme yéma. Par solidarité féminine ? Culpabilité ? Sacrifice ? Ah yéma, yéma ! Je me suis enfermée dans ton enfermement, en toute liberté.

— Quand on fait un travail sur soi, on n'attend pas de récompense. On est payé par la joie de se rendre la vie plus belle, à soi et aux êtres alentour, compris les arbres et les abeilles, les rats et les chauves-souris. Mais, dès que je crois que je suis arrivée, je découvre aussitôt qu'il y a encore un autre pas à accomplir, une autre barrière à franchir.

— Le mouvement de la vie ne s'arrête jamais. Vois, je n'ai plus de corps et pourtant je suis là.

— Mère, si tu savais ma joie de découvrir enfin la femme en toi ! Ma mère est une femme ! Ma mère est une femme !

— Enfin ! Il était temps que tu t'en aperçoives.

— Et vava ? Quel homme est-il ? Parle-moi de mon père.

— Tout ce que je peux te dire, c'est qu'il n'est pas celui que tu crois.

— Il ne montre jamais ses émotions, comment veux-tu que je sache ce qu'il ressent ? Faut-il donc que je me transforme en voyante ou en devin ?

— Si tu veux découvrir ton père tel qu'il est en lui-même, ne t'arrête pas aux apparences. Ne te laisse pas happer par ce que tu crois être son absence. Ton père est ton toi et tu passes à côté de lui sans le voir. Cherche-le comme tu m'as cherchée et tu le trouveras.

— C'est ce que je ne cesse de faire.

— Dès que tu l'auras trouvé, quitte-le aussitôt, comme tu me quitteras bientôt. Les êtres qu'on aime n'ont pas besoin de démonstrations. L'amour qu'on leur porte leur parvient d'une façon ou d'une autre, qu'ils soient dans ce monde ou dans d'autres. Ton amour m'a attirée comme un aimant. C'est lui qui m'a donné envie de venir te voir cette nuit.

— Dis-moi quelque chose sur mon père.

— Ce que tu veux, c'est que lui te dise une parole, c'est bien ça ?

— Oui !

— Alors, pourquoi veux-tu que je parle à sa place ?

— Si tu savais comme il m'a manqué quand j'étais petite ! Il était mon soleil derrière un mur infranchissable. J'avais froid même à quarante degrés à l'ombre. Sans lui, j'étais un électron libre perdu dans le cosmos. J'avais… comment te dire ? J'étais déconnectée de mon centre de gravité. Je n'avais aucun repaire. Ballotée d'un bout à l'autre, un corps sans chair, une épave sur les flots, soumise au déchainement des éléments. Vava m'apparaissait comme un phare au milieu de la tempête, mais il était très loin de moi. Un iceberg imposant obstruait ma vue.

— N'attends pas de moi que j'ouvre la barrière. Fends l'armure et va vers ton père. Construis le pont qui te mènera jusqu'à lui. Chacune son rôle, le mien est de ne pas te barrer le chemin comme on l'a fait avec moi.

— À mon âge, je continue encore à dire *quand je serai grande !* Yéma, est-ce qu'on continue à grandir au pays d'où tu viens ?

— Les années passent, le corps se dissout, mais l'âme vient d'une source qui n'a ni début ni fin. Vois, tout le monde me croit morte et pourtant je te parle.

— Ma mère est vivante !

— Alors ? Qu'est-ce que tu attends pour commencer à vivre ? *Dayen a yéli hounounou zounounou yaki.* Allez ma fille, debout ! Avance ! Va t'acheter une paire de chaussures à ta taille et rends-moi mes vieilles savates s'il te plaît.

— Voilà qu'à l'âge où les gens normaux se préparent à mourir, toi tu me demandes de vivre ! Voilà qu'au moment de quitter le monde du travail, tu me parles d'un nouveau départ !

— Chaque jour est un nouveau départ.

— J'ai à peu près tout raté. Ma vie privée fut un champ de bataille et ma vie professionnelle un naufrage. Je voulais être une écrivaine, mais j'avais peur de te tuer une deuxième fois, toi à qui l'on a interdit d'apprendre à écrire.

— C'est vrai. Je maudissais nuit et jour ceux qui ont privé d'école les filles du village et de tous les douars d'Algérie. Il n'y a pas pire violence que de contraindre quelqu'un à rester dans les limbes de sa préhistoire. On ne guérit jamais de cette blessure. J'ai pleuré, j'ai hurlé en silence. J'avais la rage ! Au fil du temps, j'ai retourné cette colère contre moi et elle t'a éclaboussée au passage. Chacune de tes réussites à l'école était un poignard dans mon dos.

— C'est donc pour ça que j'étais si faible en maths ? Je n'ai eu pratiquement que des zéros. Je faisais semblant de compter pour du beurre pour ne pas laisser l'oubli t'engloutir. Je ne voulais rien savoir de la règle de trois qui t'a exclue du triangle.

— De désespoir et de chagrin, cette part de moi mutilée cherchait à te bloquer par tous les moyens.

— Et pour échapper à ta punition, je me suis perdue dans le mental ! J'avais si peur de réussir ! Quand un professeur écrivait *peut mieux faire* sur mon bulletin scolaire, une grande angoisse me saisissait. J'avais peur de te dépasser. Peur d'être une autre que toi. Je me mettais en échec pour ne pas te perdre. Me perdre.

— Mais, ma fille, tu as réussi l'essentiel. Tu as transformé de l'intérieur ta vision de la réussite et de l'échec. Que veut dire réussir extérieurement quand son être intérieur est en enfer ? Quand on prend le chemin de l'Éveil, il faut se préparer à tomber et à se relever plusieurs fois. C'est la seule voie pour ne pas rater le grand rendez-vous avec soi. Oui, il faut faire capoter les projets morbides qui ont fait de la majorité des femmes de ma génération des êtres lessivés, étendus sur la corde raide de la haine ordinaire. L'échec n'est pas une défaite. C'est le début de la fête pour qui cherche à se libérer de ses entraves. Yéli, tu as réussi à faire échouer le programme qu'on t'avait préparé. Si tu savais ce qui t'attendait ! On voulait faire de toi une copie conforme à moi, que tu n'aies aucun désir, que tu serves les autres avec abnégation en te mettant entre parenthèses.

— Parenthèses qui deviennent vite des barreaux. Tu remarqueras que dans *abnégation*, il y a surtout négation. Mais où est donc passé *l'ab* ?

— Va savoir ! On voulait te marier à ton millionnaire de cousin qui se pavanait au milieu du village avec sa voiture d'importation. Tu ne supportais pas ce que tu voyais comme un étalage indécent de la richesse. Sa présence te hérissait les cheveux. Dès qu'il entrait par la porte, tu sortais par la fenêtre.

— Ah, celui-là, je te jure. Il ne cherchait pas l'amour, il voulait le pouvoir. *Zaâma*, soi-disant il m'aimait. Tu parles ! S'il m'aimait vraiment, il ne m'aurait pas harcelée comme il a fait. Plus je lui échappais, plus il s'acharnait à me capturer. Son côté chasseur-prédateur me donnait la nausée.

— Un jour, il a dit à ton père : « J'aime ta fille. Ma bijouterie sera la sienne. Ta fille aura toutes les chaines, tous les bracelets, toutes les bagues et tous les anneaux du monde. Je veux la prendre pour épouse, mais à une condition. Qu'elle renonce donc à travailler et tout ira pour le mieux. L'argent c'est moi. C'est moi qui apporte l'argent ». Et toi, tu as bondi comme ton chat tout à l'heure et tu as dit *non !* Ce non était si puissant qu'il nous a fait frémir. Il a grondé comme un tonnerre dans la maison. Le toit a failli s'écrouler sur nos têtes. Et ce regard ! On aurait dit un fusil à bout portant. On avait la chair de poule. On tremblait intérieurement. Rien ne pouvait arrêter ta détermination. Ni la menace ni le chantage ni l'enfermement.

— Et puis ? Qu'est-il arrivé ?

— Ton cousin a repris le collier qu'il voulait t'offrir pour prix de ta soumission et l'a remis dans son écrin.

— Les affaires sont les affaires. Il a perdu la tête pour moi, mais il n'a pas perdu le Nord. Et puis ?

— Et puis il est reparti en jurant de ne plus remettre les pieds chez nous.

— À la bonne heure !

— Il s'en voulait à mort de s'être laissé aller à aimer une jeune fille si peu aimable.

— Ça tombe bien. Si être aimable c'est devenir une carpette qui se laisse marcher sur les pieds, je préfère prendre mes jambes à mon cou et fuir jusqu'à Samarcande ou Babylone !

— Mais tu n'as pas bougé. Tu es restée bien droite et tu nous as fait face sans ciller. Tu as tenu tête à ton cousin et à ton père. Si tu savais comme j'étais fière de toi !

Altaïr ne tenait plus en place. Il a escaladé mon corps d'un trait et il s'est allongé de tout son long autour de mon cou, comme il a l'habitude de faire quand il est heureux.

— Oui, j'étais fière, et pourtant...

— Dis-moi ma mère.

— Malgré tout, j'avais un pincement au cœur.

— Quel était ton tourment ?

— Tu as fait ce que j'aurais dû faire au lieu de me laisser mener par le bout du nez.

— On a dit plus jamais de *j'aurai dû, j'aurai pas dû et compagnie*. Avançons, avançons.

— Je t'enviais et t'en voulais à la fois, voilà la vérité. Je peux te le dire aujourd'hui, ma jalousie n'avait d'égale que mon amertume. Au lieu de te soutenir, je me suis repliée sur ma douleur et je me suis rangée du côté de ceux qui voulaient te barrer le chemin. Ma lâcheté m'est restée en travers de la gorge. Le docteur Aït Vohren m'avait dit que je couvais une laryngite carabinée depuis fort longtemps.

Tiziri est descendu de mon dos à la quatrième vitesse et il a commencé à tournoyer au milieu de la pièce. On aurait dit qu'il s'essayait à des pas de danse d'une chorégraphie bien féline, inconnue dans le répertoire humain.

— Qui n'a pas été lâche au moins une fois dans sa vie, dis-moi ? La lâcheté n'est pas blâmable en soi. Tout dépend de l'intention. Je sais, une partie de toi me voulait vivante et l'autre non. C'est la patrie morte en toi qui m'a condamnée. Mais si on devait compter le nombre de fois par jour où l'on tue son prochain en pensées ou en paroles ! Vais-je t'appliquer froidement la loi du

talion et te condamner à mon tour ? Crois-moi, je n'ai pas l'intention de trimbaler toute ma vie ce désir de vengeance qui me gâche l'existence. C'est ta connivence avec les dominants que j'ai rejetée, pas ton être, pas toi ma mère !
— À cette époque-là, les femmes n'avaient pas le droit de dire oui et surtout pas non. On ne leur demandait pas leur avis. Elles devaient acquiescer en silence et se réjouir d'avoir donné leur langue au chat comme tu dis.

Altaïr est resté bouche bée. Yéma lui a fait un clin d'œil et elle m'a regardée droit dans les yeux.

— Et toi, ni une ni deux, tu as dit non. Et tu dis que tu as raté ta vie ? Comme tu es dure avec toi, ma fille !
— J'avoue que j'ai totalement oublié ce cousin et sa laisse en or. Cette histoire fut un détail sur mon chemin.

— Un détail qui a pourtant changé le cours de ta vie. Il t'a hissée au niveau de ton désir. Tu as réussi à briser la chaîne de la Répétition. Tu as refusé la voie tracée d'avance et tu as ouvert un chemin. Tu as donné naissance à une nouvelle branche dans l'arbre généalogique. Tu es la première femme de la lignée à avoir choisi de ne pas avoir d'enfants.

— Cette décision concernant mon corps est mon acte de naissance. C'est la première fois de mon existence que je me suis donné le droit de choisir.

Yéma se levait et se rasseyait sans cesse. Altaïr suivait attentivement son mouvement. Il s'asseyait et se levait en même temps qu'elle en sautillant gaiment. Il croyait qu'elle voulait jouer avec lui. En réalité, je venais de toucher un point sensible chez ma mère. C'est une plaie ouverte. Vers la fin de sa vie, elle était suivie pour une grave éventration causée par les grossesses répétées.

Si ma mère en avait eu le choix, elle n'aurait jamais fait autant d'enfants, jamais. Elle n'en a désiré aucun. C'est elle qui me l'a dit un jour de grosse déprime.
Elle a été mariée très jeune, et, en général, à cet âge-là on ne désire pas d'enfant. On désire continuer d'être encore un peu une enfant. On a juste envie que l'entourage (immédiat, alentour et lointain réunis) nous fiche la paix, qu'il nous laisse le temps de voir venir sans être trop bousculée par ses attentes oppressantes et les tourments de l'adolescence.
Une fois yéma m'a dit tu sais c'est très difficile d'être mère à quatorze ans. Avec le recul, cela me paraît

tellement évident ! Comme il est évident qu'il est presque impossible de trouver sa place dans une famille nombreuse, si, au départ, « faire » beaucoup d'enfants n'a pas été un choix. Personne n'y est à sa place, ni les enfants, ni les parents. Là, la Famille devient une poudrière. Tout peut exploser à tout moment. C'est un lieu qui génère une lutte de place acharnée d'une extrême violente. Chacun cherche sa place dans la place de l'autre. Et comme l'autre n'a pas de place non plus, le combat pour la survie est permanent.

J'ai lu dernièrement que les gens font beaucoup plus d'enfants en temps de guerre. Comme pour conjurer la mort. C'est peut-être pour ça aussi que la pratique de « l'enfant de remplacement » [7] *est plus répandue en période de conflit armé.*
Quoi qu'il en soit, faire des enfants sans en avoir le désir et désirer en avoir sans y « arriver » est un vrai supplice. Cet état abrite un lieu de souffrance bruyamment silencieuse de tous les instants.

— Avoir ou être, voilà la question que je n'ai cessé de me poser.
— Ma fille, avoir sans y être ou y être sans en avoir envie, c'est du pareil au même.
Dans les deux cas, il manque l'essentiel.
— L'essentiel ?

— Aimer. Il n'y a pas d'issue en dehors de l'amour. Mais voilà, apprendre à aimer demande beaucoup d'efforts et de temps.

— Je suis bien placée pour le savoir. Mettre au monde et élever mon enfant intérieur m'a demandé toute une vie. Mais à peine ai-je commencé à y voir un peu clair que le temps de la retraite est déjà là.

— C'est la fin de l'ancien temps, pas la fin des temps ! Tu as encore dix, vingt, trente ans à vivre. Mais même s'il ne te reste qu'un seul jour, vis-le en conscience. Il chassera toutes les ténèbres accumulées depuis Cro-Magnon. Un Nouveau Monde t'attend !

La vieillesse n'est pas une histoire d'âge. C'est une nouvelle disposition à la vie, le regard détaché de soi, le corps libéré du poids de la séduction et de tous les radotages. C'est la ménoprose !

— Ma mère, c'est toi qui me dis ça ou bien je rêve ?

— Peu importe qui parle, l'essentiel c'est que ça te parle. La pensée n'est la propriété de personne. Si elle circule, c'est qu'elle est vivante. Le Vivant ne blesse pas, il ne porte jamais atteinte, il n'agit pas contre lui-même. Il ne sert à rien de chercher à chasser les « mauvaises » pensées. Accueille-les avec bienveillance et elles te traverseront sans t'atteindre. Ne t'identifie pas à tes croyances. Lâche la bride, retrousse les manches et commence ton nouveau métier. La retraite est un travail à plein temps. Tu découvriras enfin que l'amour n'est pas un devoir moral. C'est un élan vital qui absorbe les chocs et permet d'accueillir la paix au cœur du chaos.

Un silence de communion s'est installé entre nous. Chacune plongée dans son monde mais unies par les battements réguliers et paisibles de nos cœurs détendus.

— Au pays d'où je viens, on constate depuis quelque temps que sur Terre, des hommes et des femmes travaillent nuit et jour pour faire advenir une nouvelle humanité. On entend de plus en plus d'hommes dire qu'ils en ont marre de porter en eux un féminin massacré de génération en génération. Ils disent qu'ils se sentent lourds et honteux à force de dénigrer, de réprimer et déprimer leur côté gauche *(la côte d'Adam pour les uns, le féminin pour les autres)*. Des voix d'hommes s'élèvent pour dire qu'ils n'en peuvent plus de gâcher leur puissance à lutter contre la partie la plus vivante d'eux-mêmes. Marre d'affaiblir, d'écraser et d'avilir la femme en eux. Marre de faire barrage plutôt que d'ouvrir une nouvelle voie. Oui, ils veulent accoucher d'une nouvelle masculinité.

Yéma s'est dirigée vers le fond de la pièce et a ouvert la fenêtre d'un geste lent et paisible. Elle leva les yeux au ciel et dit :

— Cette nuit, comme tout semble clair ! Je ne savais pas que le ciel de Paris était si magnifiquement étoilé.

— L'air peut maintenant circuler entre nous. Je vois enfin la mère et la femme que tu es. Ma mère, ma sœur humaine, je t'aime pour ta personne réelle, pas pour celle qui n'existe que dans mes rêves et sur Photoshop.

Un élan de recueillement s'est mis entre nous. Pour la première fois de mon existence, j'ai eu envie de prendre ma mère dans mes bras et lui dire yéma je t'aime. Mais, au moment où j'allais me lever pour aller vers elle, Tiziri s'est jeté sur mes genoux et ne voulait plus redescendre. Yéma a esquissé un large sourire amusé. Son regard n'a jamais été aussi vivant que durant cette nuit. C'est ce regard-là que j'ai cherché toute ma vie.

— À ton retour de ta première colonie de vacances, tu avais appris une chanson que tu ne cessais de fredonner.

— Laquelle ?

— Matin, midi et soir tu chantais *had blad mahi bladi, bladi m'Tounès zid al ghadi.*

— Oui, je m'en souviens encore. *Mon pays est là-bas, derrière la frontière. Ce pays, c'est la Tunisie.*

— Je me suis toujours demandé quel était le message de ce refrain qui ne te quittait pas.

— Lorsque j'étais à l'université d'Alger, j'ai cherché un ou une psy pour m'aider à faire face aux tourments qui m'agitaient.

En ce temps-là au pays, la psychanalyse se pratiquait clandestinement par un petit cercle d'étudiantes, toutes du département de psycho. Bien entendu, dans les autres sections, il n'y avait que des étudiants normaux.

— C'est quoi être normal ? Bon, c'est un autre sujet. Alors, comment tu as fait ?

— Une amie qui était en analyse m'avait donné les coordonnées de son psy, notre prof de psychopathologie. Il faisait la navette entre Alger et je ne sais plus quelle ville de France où il vivait avec sa famille. À vrai dire, je n'appréciais guère son sourire en coin qui se transformait en rictus dès qu'on cessait de l'admirer. Il voulait être *le* maître et nous *ses* élèves, un point c'est tout. Je suis allée à reculons à la première séance. À la deuxième, j'ai fui.

— Ayen a yéli ? Pourquoi donc ?

— Je n'ai pas voulu m'allonger sur le divan qu'il m'indiquait avec insistance. Quelque chose dans ses yeux me disait qu'il avait lui-même besoin d'être soigné d'urgence. Je ne me suis pas trompée. Quelques années plus tard, j'ai appris par mon amie qu'il confondait divan et *moul diwan (le maître du divan)*.

Il croyait que les analysantes venaient pour ses beaux yeux.

— Je t'ai dit, les cinglés ne sont pas toujours ceux qu'on croit. Et puis ?

— Une fois à Paris, le choix s'est avéré très difficile. Je suis arrivée en plein mois de décembre et tout me paraissait sombre. J'errais dans le brouillard. À qui m'adresser ? Comment prendre contact avec celui ou celle qui allait faire résonance à ces mille ans de turbulences qui agitaient ma mémoire ? Avec qui cheminer pour cesser de me sentir une victime de l'Histoire ?

— Raconte-moi comment tu as fait pour trouver notre psy. À cette époque-là, tu avais coupé tout contact avec moi et la famille.

— J'ai cherché dans le Bottin et les journaux du matin. Je suis tombée sur deux êtres bien étranges. L'un voulait que je fume un pétard avec lui, *le calumet de la paix,* pour reprendre son expression, avant et après la séance.

— Et toi, où tu as mis ta tête ? Comment ça se fait que tu cherches ton futur psy dans les Petites Annonces ? Tu sais bien, la jungle ne se trouve pas qu'en Afrique. Et puis ?

— L'autre, appelons-le M. Sampaly, ne cessait de m'appeler *la Kabyle*, comme s'il cherchait à l'opposer à l'Arabe. Comme s'il tirait une certaine jouissance à attiser le feu de la discorde.

— Il a trouvé la faille et il s'y est engouffré, voilà tout. Mais on abordera ce sujet une autre fois, tu veux bien ?

— En vérité, j'avais mis la Kabyle de côté, bien avant ma rencontre avec lui.

— …

— Avec le temps, je l'ai totalement bannie de mon horizon.

— Je suis bien placée pour le savoir. Que de fois tu m'as reniée !

— Tu veux parler de ces deux années que la famille a passées à Alger après l'indépendance ?

— Oui. Dès qu'on a posé les pieds dans cette ville, tu es devenue une autre. Du jour au lendemain, tu ne voulais plus m'adresser la parole.

— L'absence de dialogue entre nous, c'était bien avant, tu le sais bien.

— Mais là, franchement… À Alger, ton identité, c'était le mépris. Tu puais le mépris de la tête aux pieds. Tu avais la haine de tes origines.

— Moi ?

— Oui, toi ! Tu te croyais au-dessus de la mêlée en nous abreuvant de beaux discours, mais, au fond, tu étais pleine à craquer de ressentiments et d'amertume d'être née de ce côté-ci de la Méditerranée. Le colon français t'a bien formatée.

— …

— Tu refusais de parler ta langue maternelle en public. Tu avais honte de moi. Mon foulard kabyle ne trouvait pas grâce à tes yeux, tu détestais ma démarche de montagnarde, tu crachais sur mon huile d'olive, tu…

— Stop !

— Non, j'ai pas fini ! Un jour, tu m'as même demandé de marcher loin devant toi pour que tes camarades de classe ne te voient pas avec moi.

— Cette scène m'a poursuivie pendant des années. Aujourd'hui encore une grande tristesse me submerge à chaque fois que j'y pense. Yéma, pardonne-moi s'il te plaît.

Pardonne-moi. À chaque fois que je prononce cette phrase, c'est toujours à moi que je la destine. C'est de moi que je cherche à obtenir le pardon. Même si ce mot me parait piégé par les dogmes religieux, je l'emploie quand même car, dans son sens initial, il est fait de part et de don. La part de responsabilité dans toute pensée et dans tout acte qui engage une personne, et le don qui pousse à lâcher la jouissance du remords pour entrer dans la joie du partage du moment présent.

Je veux me pardonner de n'avoir pas compris que ce n'est ni en mettant une croix sur cette identité ni en l'exhibant tel un trophée que j'allais pouvoir échapper à l'angoisse de ces lancinantes questions : qui suis-je ? Quel est le but de ma venue sur cette Terre ?

Je veux mettre fin, intérieurement, à ce qui me relie à la guerre des ancêtres qui se rejoue depuis la nuit des temps, de génération en génération. Stopper, à mon niveau, ce flot de haine qui me traverse, et reconnaitre que je suis porteuse de cette violence que je ne cesse de dénoncer chez les autres.

Ne plus tomber dans le piège du silence complice ni des cris qui propagent et amplifient les échos de cette guerre sans fin, voilà ma part d'héritage que je veux laisser en quittant cette Terre. Mais, pour l'instant, il me faut trouver le moyen de quitter la tribu sans la renier. Être solidaire des ancêtres sans avoir à porter leur fardeau éternellement. Me donner le droit d'être heureuse là où ils ont été malheureux, réussir là où ils ont échoué sans culpabiliser. Il est grand temps que je me traite avec tendresse et indulgence. Je sais, il me reste encore beaucoup de pardons à me donner. Me pardonner de m'être si longtemps exilée de mon pays intérieur et d'avoir tant méprisé mon corps de femme, jusqu'à l'assécher de ses énergies créatrices.

Me pardonner de m'être laissée engluer dans le confort mortifère du oui-non. Oui, me pardonner de ne pas avoir clairement choisi la vie et d'avoir renié mon désir pour vivre (mourir) dans le désir de ma mère.

Mais pourquoi ne pas dire tout ça directement à yéma ? Au moment où cette question m'a traversée, elle me lança un regard discret - comme si elle avait deviné mon trouble - et me dit en caressant doucement la tête de Tiziri qui s'était étalé de tout son long sur ses genoux :

— Si tu me demandes pardon, c'est que tu te crois coupable. Ma fille, quelle est donc ta faute ?

— Mère, je ne t'ai pas reniée. Je t'ai trahie.

— On ne trahit bien que ceux qu'on aime, dit le proverbe.

— Je parle de trahir dans le sens de transgresser un ordre. J'ai transgressé l'injonction d'être une copie de toi. J'ai trahi la promesse de t'appartenir. Aujourd'hui, je peux te le dire sans avoir peur que tu me renies : je suis une infidèle. Oui, infidèle au serment secret passé entre nous dans le silence d'avant la naissance. J'ai passé mon existence figée dans la peur que tu me punisses d'abandon si je te quittais. Et pourtant il faut bien que je te quitte pour que je me trouve. M'exiler de ta langue pour trouver la mienne et inventer mon propre langage. M'autoriser à avoir mon espace vital.

— Ce qui n'était que cris et silence est devenu une parole. Ma fille est enfin vivante !

— Je regrette de t'avoir causé tant de peine dans cette maudite rue d'Alger. Oui je le regrette du fond du cœur.

— Je regrette ! Je regrette ! Tu veux m'enterrer une deuxième fois ou quoi ? Les épitaphes débordent de regrets. Nous n'avons que faire de vos remords. Ils ne servent qu'à nous enchaîner au manque d'amour sur Terre. Ne regarde plus en arrière ! Avance, avance !

En écoutant ma mère, il m'est apparu évident qu'elle aussi avait fait du chemin de son côté. À cet instant précis, plus de mère, plus de fille, plus d'enfant, plus de parent ! Juste deux personnes prêtes à prendre le risque de partager la parole pour pouvoir partager l'espace.

— Je ne te demande pas pardon d'avoir choisi de quitter les lieux de l'enfance. Je veux parler, écrire, rire, pleurer dans *ma* langue, celle que je n'ai cessé de chercher hors la tienne. Sortir de ce périmètre sécurisant devenu une prison à force de chercher à me protéger de tout ce qui n'est pas toi. Je veux cesser de voir en tout autre un ennemi. *Notre* peau est devenue une carapace qui blesse, qui enferme, qui capture. Qui coupe du monde extérieur.

— L'oiseau est sorti du nid ! Ma fille a brisé le silence ! Enfin je peux m'en aller sans me retourner ! Mais avant de repartir, dis-moi, qu'as-tu fait de tes deux loustics rencontrés sur les Pages jaunes de l'annuaire parisien ?

— J'étais déjà presque une loque, mais le côté vivant en moi a mis toute son énergie pour me venir en aide. Je les ai quittés tous les deux dès la première séance, sans regret.

— Et puis ?

— Puis, un jour, j'ai enfin croisé le chemin de celui que je cherchais. C'est une psy qui exerçait dans la même institution où je travaillais qui m'a donné son numéro de téléphone.

— Ah ! Enfin !

— Il était originaire de Tunisie.

— La chanson, c'était donc lui ! Tu le connaissais sans ne l'avoir jamais vu ! Quand je te dis que tout est lié dans l'univers.

— C'est par lui que je suis arrivée jusqu'à toi. C'est lui qui m'a aidée à restaurer mon féminin saccagé et ne plus voir en toi mon ennemie jurée.

— Soit dit en passant, tu t'en es donné à cœur joie sur son divan pour casser du sucre sur le dos de ta pauvre mère. J'assistais à toutes tes séances sans avoir mon mot à dire !

— Il fallait faire quelque chose pour ne pas laisser ce goût amer se répandre sur mes lèvres et transformer chacune de mes paroles en flèche mortelle.

— Parfois, tu avais la dent si dure. J'en avais le cœur brisé.

— Il fallait bien que meure en moi ta puissance pour que naisse pour toi ma tendresse. Ce n'est pas toi que je voulais détruire, c'est le mur qui nous séparait.

— Je sais.

— Ce soir, comme l'air est fluide ! Un parfum de sonorité circule dans toutes les pièces. Regarde, les yeux de Tiziri brillent dans le noir. On dirait deux étoiles !

— Je voudrais te dire quelque chose.

— Je suis prête à tout entendre.

— La vérité, c'est qu'avant ton grand-père, ta grand-mère avait épousé un autre homme. Tout le monde le savait, mais personne n'en parlait.

— Comment ça ? Mais pourquoi tout ce silence ?

— C'est une longue histoire. Je voulais juste te dire que son premier mari - j'allais dire son premier amour - était tunisien et qu'elle a vécu avec lui pendant quatre ans à Tunis.

— Ma grand-mère a aimé ! Ceți a aimé !

L'arbre généalogique va enfin pouvoir ouvrir ses feuilles au printemps ! Joie à ton âme jida laaziza !

— Tu vois, on n'arrête pas d'ouvrir des portes quand on est sur un chemin d'éveil.

— À mon tour de te révéler quelque chose.

— Dis-moi ma fille.

— La psychanalyse m'a sauvée de la folie.

— Je sais. Sans le vouloir, on t'a transmis sans filtre toutes les angoisses, les terreurs et les traumatismes dont nous avons hérité ton père et moi et dont nos parents ont hérité de leurs parents. Ta peau était une passoire et ta mémoire un buvard qui absorbait toutes les énergies du malheur.

— Dernièrement, j'ai découvert que dans chaque famille, un jour ou l'autre quelqu'un ressent la nécessité vitale de mettre des mots sur ce qui a été tu dans la lignée. Comme s'il était mandaté pour ouvrir un chapitre clos qui ne demandait qu'à s'ouvrir et se dire pour cesser de tourmenter la mémoire des vivants. Sinon, la folie finit par avoir le dernier mot.

— La folie.

— Je l'ai frôlée tant de fois ! Ce n'est pas une partie de plaisir, crois-moi.

— Je connais. Il n'y a pas de mots pour la décrire. Sa violence dépossède de toute humanité. Autrefois, dès que quelqu'un dérangeait un peu, « on » cherchait à s'en débarrasser par tous les moyens. Bannissement, camisole de force... Combien de poètes, de doux rêveurs et de militants politiques l'hôpital psychiatrique a broyés au nom de la raison ! Quant aux femmes de ma génération, « on » n'avait même pas besoin de nous envoyer à l'asile des fous. Il suffisait de nous enfermer à la maison, *akham*, *dar*, ce bagne si familier.

— Même si elle croulait sous le poids de la Mère et qu'elle avait toute la peine du monde à émerger, la femme en toi était bien vivante. Elle représentait pour moi une sorte de funambule éveillée. C'est en te voyant marcher du matin au soir sur cette corde raide sans basculer dans le vide que j'ai su où se trouvait la puissance des femmes : dans leur capacité à faire face.

— Nous autres, les bagnardes lucides, on a résisté comme on a pu. Chacune dans son coin élaborait sa propre technique pour dire non en silence.

— Toi, tu as utilisé l'absence comme bouclier imaginaire. Tu as désarmé leur violence en désertant ton corps. Tu leur as sacrifié ta chair, mais tu ne leur as pas donné ta parole. Tu étais par terre, mais quelque chose de toi est toujours resté debout. Tu leur as crié que ta dignité n'était pas négociable. Tu n'as jamais éprouvé le moindre plaisir à l'asservissement qu'ils exigeaient de toi comme un dû, une rançon.

— Mais tout ça a fini par alourdir mon cœur et l'empêcher de battre à son rythme. Alors, j'ai décidé de partir. Le médecin vous a annoncé que j'avais « fait » une crise cardiaque. En réalité, je ne voulais plus continuer à me battre.

— Ma mère.

— Ça faisait déjà plusieurs mois que j'appelais la mort. Cette nuit-là elle est venue vers trois heures du matin. J'ai débranché le fil invisible qui me rattachait au monde invivable dans lequel j'ai survécu pendant soixante-deux ans.

— Yéma, ce jour-là j'ai découvert que lorsque la souffrance est sans issue, la mort devient désirable. Elle prend le visage d'une libératrice. Elle ne vient pas pour prendre, pour faucher, arracher. Elle vient en alliée pour extraire l'âme de l'**enfer**mement. Tu étais telle une jument blessée à terre. Te voir souffrir sans rien y pouvoir était pour nous tous un calvaire de chaque instant.

— Je sais. Faire souffrir les êtres qui m'étaient le plus chers au monde m'était insupportable. Le seul échec qu'on peut vraiment nommer *échec*, c'est là, dans cette incapacité à aimer de son vivant.

— Ton départ a provoqué un tsunami dans la famille. La montagne s'est effondrée, la séparation fut brutale et le chagrin indicible. Mais en même temps j'ai senti, physiquement, un immense soulagement. Le poids qui m'oppressait a instantanément quitté mon corps et une puissante énergie jusque-là comprimée s'est soudain révélée. C'est la première fois que j'ai ressenti ça. Je crois bien que c'est ce qu'on appelle l'amour. Je t'ai aimée à la seconde même où tu n'étais plus de ce monde, alors que de ton vivant ce sentiment n'a jamais eu la force d'émerger en moi.

— C'était pareil avec ma mère.

— Quelques jours après ton départ, j'ai « vu » s'ouvrir un bout de ciel et un sentiment de bien-être incommensurable s'est répandu sur mon être comme une fine pluie de coton. C'était aussi bref qu'un éclair mais d'une telle intensité ! Je n'ai jamais vécu un tel état de quiétude. Mes frères et sœurs ont aussi ressenti cette « chose-là », chacun à sa manière.

— Ma tendresse ne pouvait se déployer qu'en me détachant de vous. L'état de survie sur Terre ne laisse aucune chance à l'amour. Mais l'amour ne meurt jamais.

— Yéma, malgré tous les barrages qui se sont dressés sur votre chemin, vous étiez tout de même un certain nombre au village à ne pas abdiquer. Je pense à Fadhma N'Saïd. Elle, sa technique consistait à faire la folle. Qu'il pleuve ou qu'il vente, elle traversait le village de long en large, pieds nus, les mains croisées sur la tête, et, telle une abeille sans ruche, elle allait et venait, vociférant et lançant des gros mots politiques à tous les passants. Je ne l'ai jamais prise pour une folle. Pour moi, elle était la conscience vivante du village.

— Que serait le monde sans ces êtres qui cassent les codes comme on casse sa tirelire pour trouver matière à se surprendre et à donner du grain à moudre à l'humanité, dis-moi ?

— Un monde normal.

— Ne laisse plus personne dévaster ta maison. Ose être toi-même et ne renonce jamais à ton désir.

— Cette nuit, c'est la première fois que je vois au-delà de la frontière.

C'est la première fois que j'entends le cri du pays natal.

— Tu es loin de l'Algérie géographiquement, mais tu n'as jamais été aussi proche d'elle depuis que nous nous sommes trouvées.

À présent, tu peux te laisser aller à l'aimer telle qu'elle est, sans peur d'être possédée par elle. Jette tes chaînes et garde tes attaches !

Bénis ceux qui t'ont poussée à quitter ton pays natal. Grâce soit rendue à l'exil qui t'a montré l'autre versant de la montagne. La Terre promise n'est pas à Jérusalem. *La Cité de la paix*, le pays que tu cherches, si tu ne le trouves pas en toi, tu ne le trouveras nulle part.

Les pas ont commencé à s'éloigner et la voix de yéma devenait de plus en plus lointaine.

— Il me faut te quitter à présent. Chacune sa route, chacune son espace. Mais avant de partir, veux-tu me rendre un petit service ?

— Je ferai tout ce que tu voudras. J'ai confiance en toi. Cette nuit, tu es devenue mon alliée interplanétaire.

— Je pars le cœur en joie.

— Ma mère !

— As-tu de quoi écrire ?

— Attends-moi une minute, je vais chercher un crayon.

Au moment où j'allais me lever, la femme qui est venue me visiter dans ma nuit et qui m'a parlé d'égale à égale a soudain disparu.

Était-ce un rêve éveillé ? Un voyage spatial ? Ou bien le côté vivant de yéma qui a enfin trouvé le chemin pour atteindre la jeune fille que j'étais il y a cinquante ans ?

Quoi qu'il en soit, la sensation que j'éprouve à l'instant est bel et bien réelle.

Je me sens légère, à la fois ancrée et aérienne. Le poids qui pesait sur mon cœur est devenu un air de musique.

La limite qui claquemurait mon regard a craqué.

Le piège qui enserrait mes chevilles a desserré ses mâchoires.

Les menottes qui encerclaient mes poignées sont
devenues des ailes.
La barrière qui m'empêchait d'aimer a sauté.
Ma guerre d'Algérie est finie.

Merci

Enfin je peux dire merci.

Chère mère, en me barrant la route, tu m'as poussée à chercher mon propre chemin. Avec toi j'ai appris que les obstacles ne sont là que pour être franchis. Merci yéma azizène !

Vava, tu ressembles à une multitude de pères de ta génération. Vous vous êtes battus pour des lendemains chantants pour l'Algérie.
La désillusion s'est transformée en déception, la déception en dépit, le dépit en colère et la colère en violence ordinaire. La lueur qui a rayonné sur l'Algérie en 1962 s'est éclipsée mais ne s'est jamais éteinte. Elle réapparaitra en temps voulu. Vava, merci de m'avoir poussée à te chercher là où j'avais peur de te trouver : dans mon cœur.

Mon cher psy, merci de m'avoir ouvert votre porte ce jour brumeux et froid de l'hiver 1988. J'étais égarée sur une planète lointaine et vous m'avez tendu la main pour me faire toucher terre.

Merci Nabila pour les petites et grandes randonnées sous la pluie, la canicule, les vents contraires et le soleil au zénith.

Merci Dalono. Le chemin avec toi fait toujours aller de l'avant.

Houria, Malika, Baya, Saliha, Djamila, Hafida, Zohra, Daouia, Rabéa, Narimane, Ouiza, Yamina - j'arrête là sinon il faudra dix pages ! - merci à vous qui vivez en Algérie. Oui, mille mercis pour vos éclats de rire au cœur du chaos. Vous m'avez appris à entendre ces rires-là comme des « armes » joyeuses de résistance active. Vous m'avez enseigné qu'ils disent que personne ne peut empêcher le jour de se lever.

Monique TUPIN, ma chère amie Pied-noir, merci ! À chacune de nos rencontres, tu me répétais inlassablement : et ton bouquin alors, c'est pour quand ?

Je n'ai pas oublié. Il y a huit ans, tu étais la seule à avoir accueilli favorablement et mis en scène dans ton théâtre *La Balancelle, Copie conforme à l'originale,* mon recueil de nouvelles.

Isabelle FOURNIER, merci d'avoir bien voulu « traquer » avec tendresse mes fautes de frappe, sans chercher à me culpabiliser de ne pas connaître par cœur les règles de grammaire et de confondre les accents aigus du Sud avec les accents graves du Nord (ou l'inverse).

Merci Agnès, Anna, Aminata, Cécile, Dominique-Emmanuelle, Fabienne, Françoise P., Françoise Knobel, Florence, Hassiba, Hélène, Jacques, Joëlle Turrel, Mohand Larbi, Myriam, Nelly, Saïda-Marie, Saadia, Souad, Solange et Yuseph. Avec vous, j'ai appris à regarder mes erreurs avec indulgence.
Le chemin continue.

Notes

* Page 42, référence à la citation de Freud : « *Les femmes, c'est le continent noir* ».

1 — Dans l'hémisphère sud, il existe une constellation faiblement visible appelée Règle. Réf. poeziq.blogspirit.com
2 — Malus. Ancêtre de la pomme.
Réf. originedelapomme.com.
3 — *Le Corset invisible*, Éliette Abécassis et Caroline Bongrand.
4 — *Effet papillon*, Edward Lorenz.
5 — Inspiré de la girafe et le chacal de M. Rosenberg.
6 — Cadenas. « *Clôture symbolique pratiquée sur le corps de la fille entre huit et dix ans pour préserver sa virginité. Le rituel comporte plusieurs variantes. Le rabt, l'action de ligoter, nouer. Le teskar, la fermeture. Le tesfah, le blindage* ». Réf. *Les clôtures symboliques des Algériennes : la virginité ou l'honneur social en question*, Barkahoum FERHATI, (clio.revues.org).
7 —Voir « *L'enfant de remplacement* », Maurice Porot, et « *Le Syndrome du Gisant – un subtil enfant de remplacement* », Salomon Sellam.

.

Pour tout contact :
tass.tanmirt@gmail.com

Mentions légales

Ce livre est protégé par les lois en vigueur sur les droits d'auteur et la propriété intellectuelle. Toute reproduction, diffusion ou modification, partielle ou totale, de cet ouvrage par quelque procédé que ce soit connu (photocopie, photographie, fichier informatique, etc.) ou à venir, est strictement interdite sans l'accord préalable de son auteur, Tassadite TAMARVUHT.
Cela constituerait une contrefaçon sanctionnée par les articles L335-2 et L335-3 du Code de la propriété intellectuelle.

Dépôt légal : septembre 2017

* 9 7 8 2 9 5 6 1 7 4 3 0 1 *